詩以言志

沈鹏读鲁迅小说二十四首品鉴

沈鹏　李建春　著

中华书局

图书在版编目(CIP)数据

诗以言志:沈鹏读鲁迅小说二十四首品鉴/沈鹏,李建春著.
—北京:中华书局,2019.2
ISBN 978-7-101-13734-7

Ⅰ.诗… Ⅱ.①沈…②李… Ⅲ.①诗集-中国-当代②诗歌评论-中国-当代-文集 Ⅳ.①I227②I207.22-53

中国版本图书馆 CIP 数据核字(2018)第 300830 号

书　　名　诗以言志——沈鹏读鲁迅小说二十四首品鉴
著　　者　沈　鹏　李建春
责任编辑　许旭虹
出版发行　中华书局
(北京市丰台区太平桥西里 38 号　100073)
http://www.zhbc.com.cn
E-mail:zhbc@zhbc.com.cn
印　　刷　北京市白帆印务有限公司
版　　次　2019 年 2 月北京第 1 版
2019 年 2 月北京第 1 次印刷
规　　格　开本/710×1000 毫米　1/16
印张 8¼　插页 8　字数 50 千字
印　　数　1-3000 册
国际书号　ISBN 978-7-101-13734-7
定　　价　58.00 元

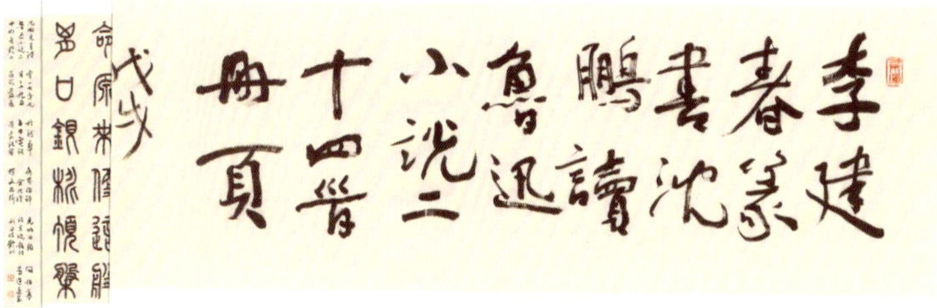
李建春篆書沈鵬讀魯迅小説二十四習冊頁
戊戌

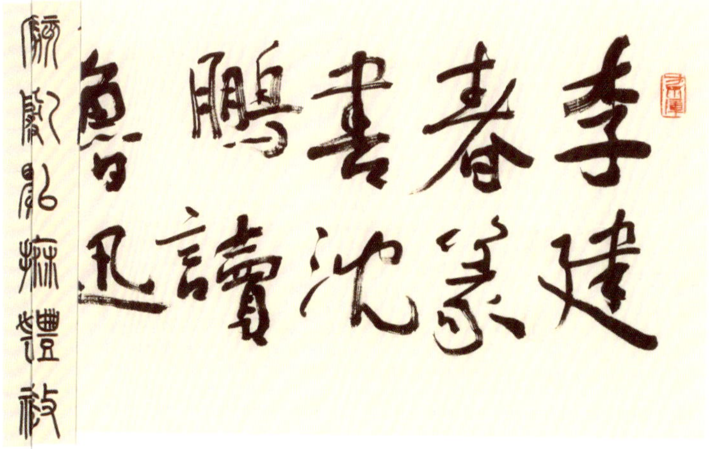
李建春篆書沈鵬讀魯迅

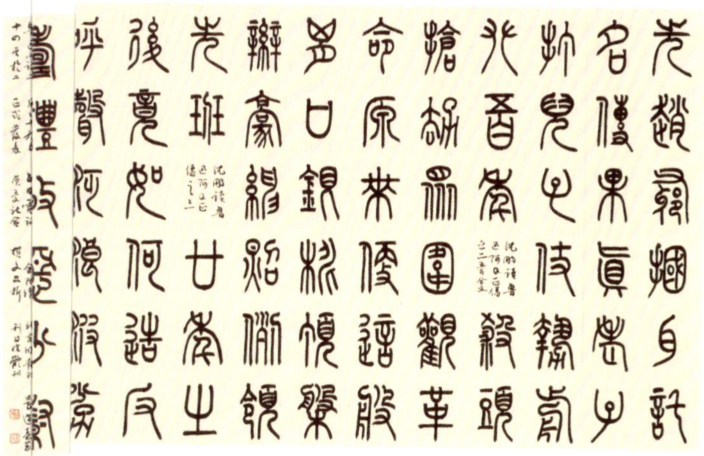

沈鹏　别署介居主，首批国务院有突出贡献专家。历任人民美术出版社编辑、副总编、编审、编审委员会主任，中国书法家协会副主席、代主席、主席。曾任八至十二届全国政协委员、中央文史馆馆员、中国文联荣誉委员、中国书法家协会名誉主席、中华诗词学会名誉会长、中国国家画院书法篆刻院院长、中国美术出版总社顾问。

出版诗词选集《三馀吟草》《三馀续吟》《三馀再吟》，评论文集《书画论评》《沈鹏书画谈》《沈鹏书画续谈》《书法本体与多元》及各类书法作品集凡四十余种。荣获“造型艺术成就奖”、“中国书法兰亭奖”终身成就奖、“全国第三届华夏诗词奖”荣誉奖、“中华艺文奖”终身成就奖、“中华诗词”荣誉奖、联合国Academy“世界和平艺术大奖”等，曾获“卓有成就的美术史论家”称号。

李建春　字向聃，号缶皮、三修斋、问梅亭，书画家、诗人、美术评论家。北京市机关书法家协会副主席、中国国家画院沈鹏创研班成员，中国书法家协会、中国诗词学会、中国楹联学会会员，中国作家协会书画院艺委会委员，清华美院、北京大学、中国人民大学等高校客座教授。出版有《李建春书法论文集》《邓石如篆书千字文技法》《荣宝斋书谱古代部分毛公鼎》等专著。书法作品先后在“第三届中国书法兰亭奖”“全国首届篆书作品展”“全国首届手卷展”等全国大赛中获奖入展。获得“2011中国书法十大年度人物”“2015北京市职工艺术家”称号。

目录

李建春评论

沈鹏先生致李建春信札

李建春书沈鹏读鲁迅小说诗二十四首

序　诗

——李建春评并书沈鹏读鲁迅小说二十四首

沈　鹏

鲁迅精神启后人，
千钧笔力铸刀痕。
再传呐喊呼声劲，
吾与贤君李建春。

序言

鲁迅精神励后人今
钢笔铸刀痕直传心
喊呼醒动魂与深
李運春
戊戌暮書 沈鹏

沈鹏诗稿

读鲁迅小说诗二十四首

狂人日记

一

语出癫狂底事因，
四千年史鬼神人。
歪斜字缝中看字，
道貌岸然装点“仁”。

二

天气晴和赞好时，
吃人人吃两由之。
祖宗家簿敢轻踹，
铁则万难逆水移。

三

煎熬烹煮享獠牙，
噩梦惊骇乱似麻。
礼教淫威屏声息，
摧心裂肺不留渣。

四

沉沉子夜远侵晨，
人血馒头血口吞。
奋起呼吁救孩子，
神州呐喊废尊神。

孔乙己

一

祖传一袭旧长衫，
重压瘦身污迹斑。
描红簿上尊名姓，
怎奈功名非等闲。

二

炎凉世态酒微温，
笑语酸声泪暗吞。
十九文钱成永久，
孔门一个被忘人。

三

“子曰诗云”也曾识，
读书大雅强为饰。
茴香豆赏小儿童，
且喜斯时壮行色。

四

丁举人家阴影浓，
围墙高处不胜容。
《儒林外史》外余史，
灵肉伤痕有几重。

阿Q正传

一

土谷祠中一短工，
毕生命运岂徒穷。
精神胜利传家宝，
双膝天然关节松。

二

比阔哄抬老祖先，
赵爷掴耳托名传。
果真老子打儿子，
仗势前攀五百年。

三

杀头抢劫众围观，
“革命”原来便这般。
胸口银桃顶盘辫[1]，
豪绅照例领先班。

四

廿年之后竟如何？
造反呼声泛浪波。
劣性倘然仍不改，
哀哉民族苦难多。

① 《阿Q正传》中赵秀才用四块洋银打造一块银桃子，进了“自由党”。

白　光

一

榜上无名月色寒，
士途倒塌即丢官。
惊惶深掘金银窟，
先祖余荫一缕烟。

二

溺水何甘一命终，
精神崩溃太匆匆。
功名利禄全般了，
永世深潜泥淖中。

祝 福

一

死后魂灵孰个知？
只身无寄质幽微。
夫儿命薄罪孤寡，
礼教弥漫布杀机。

二

爆竹迎神祝福天，
富家祭祀孝为先。
悲怜坛下祥林嫂，
灵肉牺牲奉旧年。

药

一

病入膏肓绝信妖，
不求疗治引邪招。
轩亭口上女儿血[①]，
直面昏愚含恨抛。

二

荒坟累累叠馒头，
付与富家寿礼收。
恶少帮闲刽子手，
蟪蛄也欲噪春秋[②]。

① 轩亭口，绍兴秋瑾就义处。
② 《庄子》："蟪蛄不知春秋。"

风　波

一

代代相传总不如，
九斤老太昧乘除。
龙庭宝座登高否?
复辟闹场一旦输。

二

小起风波五四前，
上推余孽几千年。
昌明科技新时代，
邪恶犹防一线牵。

在酒楼上

一

敢侵神像拔须茎，
改造中华义愤膺。
十载偶逢惊巨变，
课徒熟诵《女儿经》。

二

糊涂随便此区区，
半入衰年一唏嘘。
迁葬送花遣寂寞，
小窥碧海弃苍梧。

孤独者

一

喜爱童真偏失真，
荣华孤独两沉沦。
军衔绕颈风头足，
落魄糊涂一缕尘。

二

飘萍随意弃身家，
性向善良混迹沙。
若问人生几多值？
秤锤无定秤杆斜。

李建春评论

灵肉伤痕有几重

——品析沈鹏读鲁迅小说《孔乙己》诗四首

沈鹏先生读鲁迅先生小说《孔乙己》四首以诗的形式为我们重塑了鲁迅经典名著《孔乙己》这一鲜活的人物形象。诗中通过旧长衫、茴香豆、温酒、十九文钱、窃书、装斯文、丁举人家等细节，描写了孔乙己在封建腐朽思想和科举制度毒害下，精神上迂腐不堪，麻木不仁，生活上四体不勤，穷困潦倒，在人们的取笑声中混天度日的悲剧形象。诗云：

一

祖传一袭旧长衫，
重压瘦身污迹斑。
描红簿上尊名姓，
怎奈功名非等闲。

二

炎凉世态酒微温，
笑话酸声泪暗吞。
十九文钱成永久，
孔门一个被忘人。

三

“子曰诗云”也曾识，
读书大雅强为饰。
茴香豆赏小儿童，
且喜斯时壮行色。

四

丁举人家阴影浓，
围墙高处不胜容。
《儒林外史》外余史，
灵肉伤痕有几重。

沈鹏先生读鲁迅先生小说《孔乙己》四首诗中的赋、比、兴表现手法运用得十分传神。

第一首开首两句“祖传一袭旧长衫，重压瘦身污迹斑”，可谓兴。兴是启发，是诗人即事起兴、触景生情的表达，起着塑造诗中人物形象和突出诗的主题的作用。诗人运用排偶的句子、对比的手法，展示了一个既可悲又可怜的人物形象。“祖传”两字用得极妙，有隐喻孔乙己破落身份以及精神状态等深刻含义。这不禁使我们联想到鲁迅先生笔下那个孔乙己，生活贫穷，但时刻穿着在他看来是身份象征的“长衫”；由于懒散，身上的长衫“又脏又破，似乎十多年没有补，也没有洗”；特别是反复被人欺负、殴打，脸上经常挂着新痕旧伤，却偏偏他又自恃清高，满口“之乎者也”。

后两句“描红簿上尊名姓，怎奈功名非等闲”，深刻揭示了孔乙己内心世界的无奈与矛盾。描红簿上孔姓是他最得意与炫耀的资本，然而，功名绝非等闲之辈轻易得来的。“怎奈”两字可谓点睛之笔。孔乙己的内心轻视广大劳苦众生，同时又渴望融入上层地主阶级和读书人、有钱人的世界，这种意识使他处在一种尴尬的社会地位当中，不但不被这两个阶层认可，反而成为被人讥讽的笑柄。

第二首诗：“酒”与“泪”是比，即比喻。诗人通过“酒微温”与“泪暗吞”作比，描绘孔乙己在炎凉世态中的处境，以及在笑话酸声中度日的尴尬行为。“十九文钱成永久，孔门一个被忘人”，则是孔乙己悲惨人生的终结。赊下的十九文钱因孔乙己过世成为永久。然而，这个自尊为孔门但却被众人取笑的酸楚文人，随着时间的推移慢慢地也被大家遗忘。王国维《人间词话》有“言外之味，弦外之响”说。此诗的后两句是诗人发出的沉痛呼声，他在为旧社会那些饱受灵与肉双重折磨的酸楚文人而呐喊，表示出极大的同情。沈鹏先生特别谈到创作此诗的内心感受。他说：画家蒋兆和画阿Q，不画癞头，那是阿Q不喜欢的。孔乙己可悲又可怜，我写的诗里避开了直接用“偷挨打”这样的字眼。

第三首诗：“‘子曰诗云’也曾识，读书大雅强为饰。茴香豆赏小儿童，且喜斯时壮行色。”此诗以“强为饰”与“壮行色”作比，深化了鲁迅先生笔下孔乙己人物形象的双面性和复杂性，他虽然穷酸、迂腐，但也有人性的闪光点。诗人用“且喜斯时壮行色”褒奖了孔乙己善良的一面。“且喜”是此诗的字眼，此时孔乙己一方面贫苦潦倒，常常赊账吃酒，然而可喜的是孔乙己用他的善良教小孩子认字并分茴香豆给小孩子吃。茴香豆在现在已不是什么稀罕物，可在“倘肯多花一文，便可以买一碟咸煮笋，或茴香豆，做下酒物”那样一个物资匮乏的年代，对于一个穷愁潦倒之人来说，确是何其珍贵。他一人一颗分给小孩子吃，一直分到所剩无几为止。诗中一个“壮”字，足可见其大方，毫不迟疑。诗人用“壮行色”三字风趣幽默，增加诗的淳厚味道，耐人寻味。是的，孔乙己只有在此时有点神气起来。而相比较那些个掌柜和长衫客们，有谁不比孔乙己阔绰，又有谁分豆给孩子们吃呢？因而“壮行色”三字入木三分地刻画出那最让人忍俊不禁的一幕。谢榛在《四溟诗话》中说：“景乃诗之媒，情乃诗之胚，合而为诗。”情与景的融合可以说是这首诗的最显著特征。当孩子们再次把“眼睛望向碟子”，孔乙己不是谩骂，也不是恐吓，而是“着了慌”似的哼起“多乎哉？不多也”的调子直哀求，一个拥有善良与透明心性的形象跃然纸上。

第四首前二句“丁举人家阴影浓，围墙高处不胜容”，揭示了孔乙己一生因在丁举人家“窃书”被人当面捅出留在灵魂深处的阴影。当大家嘲笑他偷书的时候，孔乙己只能无力地回击一句“窃书不算偷”，这是多么可笑的歪理。“围墙高处”表面上比喻丁举人家的围墙高深，实质是指孔乙己自己垒砌的表面坚硬的外壳背后那不为人知的软肋与痛处。“不胜容”与第二首诗中的“笑话酸声泪暗吞”是孔乙己外强内弱的心灵写照。“泪暗吞”深刻地揭示孔乙己人前要强与人后酸楚的不幸遭遇和严酷的现实生活，读后让人有一种沉重感。

此诗后两句“《儒林外史》外余史，灵肉伤痕有几重”，是诗人思想感情和艺术手法的统一体，所以兴中有比，比中有赋，进一步揭示了孔乙己悲哀的人生。《孔乙己》可谓《儒林外史》的外余史，再现了又一个范进式的人物，孔乙己一生为求“功名富贵”，其结果同样悲惨凄凉。鲁迅先生认为《儒林外史》思想内容“秉持公心，指摘时弊”。沈鹏先生此诗何尝不是。尤其是“灵肉伤痕有几重”句，反问孔乙己在灵与肉上遭受的累累伤痕有几重，谁能说清。孔乙己不仅常被人白眼、取笑，遭受精神摧残，还经常遭受着肉体上的摧残，被人欺负、殴打，脸上经常挂着新痕旧伤。“灵肉伤痕”是沉痛的。因此，诗人用委婉含蓄的语言，把鲁迅笔下那个既可悲又可怜的小人物复杂的内心世界揭示得淋漓尽致，人物形象刻画得栩栩如生。

沈鹏先生选择诗的艺术形式，以一种全新的笔触与视角，抒写“思与景偕”富于艺术魅力的诗篇诠释鲁迅经典名篇，巧妙地运用赋、比、兴表现手法，使孔乙己的人物形象更加鲜活，诗的思想意义更加深刻，给人留下的回味更加绵长。

哀哉民族苦难多

——品析沈鹏读鲁迅小说《阿Q正传》诗四首

《阿Q正传》是鲁迅先生的代表作之一，是中国文学园地的杰作。阿Q这一艺术形象，在中国是妇孺皆知，在世界也是公认的典型形象。沈鹏先生用诗的形式诠释阿Q这一经典艺术形象，再次呼唤国人牢记近代以来中华民族遭受的种种屈辱，在实现中华民族伟大复兴的中国梦的时刻，切记“前事不忘，后事之师”。诗作耐人寻味，令人笑中带泪。诗云：

一

土谷祠中一短工，
毕生命运岂徒穷。
精神胜利传家宝，
双膝天然关节松。

二

比阔哄抬老祖先，
赵爷掴耳托名传。
果真老子打儿子，
仗势前攀五百年。

三

杀头抢劫众围观，
“革命”原来便这般。
胸口银桃顶盘辫，
豪绅照例领先班。

四

廿年之后竟如何？
造反呼声泛浪波。
劣性倘然仍不改，
哀哉民族苦难多。

第一首诗，采用白描艺术手法清晰地勾勒出一幅阿Q“精神胜利法”的肖像。“土谷祠中一短工，毕生命运岂徒穷”句，交待阿Q是一位无来历、没家室、靠出卖劳力活着、住在土谷祠中的一短工。“毕生”指其近四十年的卑微低贱的谋生生涯。诗中“岂”字为反诘语，在追问、责问、隐喻阿Q内心深处的不甘，点出阿Q“精神胜利法”的情绪堆积与诱发源泉。

“精神胜利传家宝，双膝天然关节松”句最为深刻。鲁迅先生在《阿Q正传》中，通过阿Q妄自尊大、自轻自贱、欺弱怕强、麻木健忘等细节的描写，把阿Q“精神胜利法”描绘得淋漓尽致。沈鹏先生诗中“精神胜利传家宝”则是揭示在两千多年的封建社会里，统治阶级一直用暴力镇压和精神奴役维护其反动统治，使百姓成为畸形的人，任凭宰割，任凭蹂躏，逆来顺受成为普通百姓明哲保身的“传家宝”。而“双膝天然关节松”句揭示了国人灵魂深处最为鲜明的精神病症，诗中“天然”两字最为沉重。阿Q就是一个典型代表，其“奴隶性”深入灵魂，危急时刻“他总觉得站不住，膝关节立刻自然地宽松，便跪下去”。

第二首诗，沈鹏先生采用回环结构，深化了阿Q“精神胜利法”的内心世界。前两句“比阔哄抬老祖先，赵爷掴耳托名传”，谓阿Q上无片瓦，下无寸土，连姓名、籍贯都很渺茫，在“比阔”中以“哄抬”老祖宗图虚荣，挨了赵爷“掴耳”，却自鸣得意：“现在的世界太不成话，儿子打老子……”然而，阿Q越是获得精神胜利，我们越是感到悲哀；阿Q越是洋洋自得，我们越是感到痛心。而“托名传”有着深刻的社会背景，因为未庄人知道与赵太爷沾边即为荣耀，故阿Q拿此事炫耀。这正是既让人忍俊不禁又笑中含泪的原因所在。

“果真老子打儿子,仗势前攀五百年”句，沈鹏先生对阿Q表示出极大的同情与不安。挨了打不反抗，因为都姓赵，五百年前是一家。这回不是“儿子打老子”，倒果真儿子挨老子打了，竟然觉得荣耀。按小说中描述他“得意了许多年”；听到别人说混得差，便前攀五百年前家族，用“祖先比你阔”来搪塞。对于失败、屈辱、窘境等人生中难免遇到的事，一般正常的人会在悲伤之后继续奋斗，愤怒之后难以忘怀，不满之后努力改变困境。阿Q却不然。沈鹏先生通过“果真”“仗势”两词的发问，把一个令人“哀其不幸，怒其不争”的辛亥革命前后不觉悟、被压迫的农民形象刻画得入木三分。

第三首诗围绕“革命”这条线索，通过阿Q与赵秀才、假洋鬼子等“众生相”的交往，进一步折射出当时国民的劣根性。“杀头抢劫众围观”最令人心寒，本应“路见不平一声吼”，然而“麻木的看客”们如呆头鹅一样，扯着脖子“围观”。鲁迅先生曾因国人的“围观文化”而弃医从文。他不惜用最绝然的态度、最刺激的语言，挑动国人麻木的神经，目的就是让国人不要再当看客。

“‘革命’原来便这般”句，揭示了阿Q对“革命”

的偏激理解。起先他对革命“深恶而痛绝之”；但他又从自己的处境和感受出发，看到城里“举人老爷”视革命如洪水猛兽；未庄的“一群鸟男女”惊恐万状，感到“革命也好罢”。在阿Q的心目中，“革命”就是“翻身”，“翻身”就是“翻鏊子”，是主奴角色互换，而不是彻底改变人压迫人的不平等制度。这是多么地滑稽可笑，多么地愚昧无知！

“胸口银桃顶盘辫，豪绅照例领先班。”诗中“银桃”指革命党戴的徽章。小说中假洋鬼子给赵秀才买“银桃子”拉拢他加入革命党，却用“哭丧棒”把要求革命的阿Q赶出去。因而，阿Q没能戴成“银桃子”。诗中“顶盘辫”的“盘”字用得十分精彩。“盘”字折射出国民见风使舵的心理。阿Q学着赵秀才们把辫子盘在头顶，也是以防之后革命失败，又需要辫子。诗中的“照例”两字，指封建专制政权在新的旗号之下原封不动地保存了下来。赵家在这场“革命”中不但没有失掉什么，反而“骤然大阔”起来了；“知县大老爷还是原官”，“带兵的也还是先前的老把总”。而阿Q呢？他“仿佛又属于强盗”，被革命党当替罪羊杀了头，被端上这“给阔人享用的人肉的筵宴”之上。“照例”两字的审美内涵和历史内涵非常丰富，读后令人久久不能平静。

第四首诗围绕“竟如何”与“哀哉”展开。“廿年之后竟如何?造反呼声泛浪波”句中“竟如何”为曲笔，与鲁迅小说中“这刹那中”有异曲同工之妙。“竟如何？”寓毕竟阿Q会思想了，当他浑浑噩噩地明白自己将被杀头时，“无师自通”地说出半句从来不说的话：“过了二十年又是一个……”随即得到一阵阵喝彩声；然而得到喝彩的“这刹那中”，他突然感到这些人的眼睛比四年前的狼更可怕，又钝又锋利，在咬他的灵魂。他本想喊“救命……”无奈真的没喊出来。实际上小说中“这刹那中”这段话是鲁迅有意加上的曲笔，是小说的画龙点睛之处，为的是“提醒阅者眼目”，亦是小说“立意本旨”，正如《药》中给夏瑜坟上添加花圈一样。沈鹏先生“竟如何？”问得振聋发聩，亦是全诗的“立意本旨”。“劣性倘然仍不改”句中“劣性”两字深刻、透彻。长久以来，就是这位阿Q一直被视为国民劣根性的典型，他的躯体附着广泛、深刻、持久的被压抑、被扭曲的中国人性格的抽象含义。他的性格以及最终的死亡命运似乎都表现出自身劣性在特定环境中的必然。接着“哀哉民族苦难多”中的“哀哉”两字，掷地有声。沈鹏先生是透过阿Q的悲惨人生，联想起近代以来八国联军的炮火轰开国门、1840年鸦片战争后中国逐渐沦为半殖民地的深重灾难，呼唤国人牢记前车之鉴。

品读沈鹏先生读鲁迅《阿Q正传》四首，语言浅显直白，平淡朴实，白描传神，不事雕琢。如沈德潜《说诗晬语》所云“其言浅，其情深”，细品咀嚼分明是回肠荡气。又如东坡评陶潜诗所云“外枯而中膏”。这使我想到白居易《寄唐生》诗句：“不务文字奇，惟歌生民病。”沈鹏先生此诗作不求语言的华丽，完全变个人的风雅逸神为诗以载道、关乎民族兴衰这条主线上来。我在与沈鹏先生交流中，对于以鲁迅先生小说引发诗作，沈鹏先生谦虚地说：“以鲁迅小说引发诗意，有难处，在我也是尝试。”这种尝试，是艺术家的使命担当，实在难能可贵。此种境界从当代著名诗人刘征先生赞沈鹏先生诗句中可观：“老树何曾少春色，虬枝爆出晚开花。”

神州呐喊废尊神

——品析沈鹏读鲁迅小说《狂人日记》诗四首

我喜欢读鲁迅先生《狂人日记》，亦欣赏沈鹏先生读鲁迅小说《狂人日记》四首。小说巧妙地将现实主义与象征主义两种表现手法有机地结合，描绘出一个鲜活的“狂人”形象；诗作者智慧地将意象思维与象征手法相融合，寥寥数句，亦把一个“狂人”形象演绎得入木三分。诗曰：

一

语出癫狂底事因，
四千年史鬼神人。
歪斜字缝中看字，
道貌岸然装点“仁”。

二

天气晴和赞好时，
吃人人吃两由之。

祖宗家簿敢轻踹？
铁则万难逆水移。

三

煎熬烹煮享獠牙，
噩梦惊骇乱似麻。
礼教淫威屏声息，
摧心裂肺不留渣。

四

沉沉子夜远侵晨，
人血馒头血口吞。
奋起呼吁救孩子，
神州呐喊废尊神。

所谓“狂人”是从所谓“正常人”的角度说的，“狂人”即“不正常”的人。鲁迅先生冠之以“狂人”而非“疯子”是智者的观点。文中的“我”一句“将来是容不得吃人的人活在世上”的预言，不仅是“疯人”所言，而且是“狂人”所为。我喜欢这组诗，源于沈鹏先生给“狂人”画出了一幅透彻人心的精神肖像。

“语出癫狂底事因，四千年史鬼神人。”诗是心声，无法抑制，作者一下手两句，就彰显出愤世嫉俗、豪放标举的磅礴诗风。此句也是全诗的总纲，作者用象征性的写作方法，震山河，泣鬼神，振聋发聩，激荡于四千年间，为“狂人”人物性格的塑造作了宏观的铺垫。

紧接着作者又以写实的手法回到现实，透过“狂人”翻开历史一查，歪歪斜斜的每页上都写着“仁义道德”几个字，推出一个具体微观的“特写”镜头：“歪斜字缝中看字，道貌岸然装点‘仁’”，一“看”一“装”，把小说中“我”的内心世界不平和憎恨形容尽致。这使我想起郑板桥写黄慎的两句诗：“画到精神飘没处，更无真相有真魂。”此处谓黄慎绘画艺术的高超，更重要的是道出了文艺创作中如何处理“真相与真魂”的相互关系。东坡尝云：“举体皆似”未必能“传神”，不若“得其意思所在”，即贵在把握人物的特征。他推崇吴道子的画不只形似，还能做到神似，故能“出新意于法度之中，寄妙理于豪放之外”。沈鹏先生以艺术之手，揣艺术之心，取自然之貌，摄自然之魂，一开篇就抓住了“狂人”的真魂，引人入胜。

第二首诗开门见山，直奔“吃人”主线铺陈，“天气晴和赞好时，吃人人吃两由之”。“吃人”是一个中心隐喻，暗指旧中国漫长封建社会的家族制度和礼教对人性的窒息与戕害。“天气晴和”是表面上的“仁义礼信”，“赞好时”是权势者利用孔孟礼教欺骗性宣传，这是精神与文化上的吃人现象。作者用“两由之”严肃地批评了国民愚昧麻木的精神状态。而用“祖宗家簿敢轻踹”，讴歌了“狂人”的义举。“敢轻踹”三字极为传神，是“狂人”所以“狂”的壮举。“狂人”虽是轻踹，但一个“敢”字使得“狂人”不屈不挠的形象矗立起来。从“敢”字中，可领略“狂人”的自信：那就是吃人的人与自甘被吃的人必将被埋葬，新的世界必然来到的信念。沈鹏先生可谓用诗歌刻画复杂人物内心世界的高手。这使我想到《饮中八仙歌》中杜甫刻画人物的高超本领。其中写李白句：“李白斗酒诗百篇，长安市上酒家眠。天子呼来不上船，自称臣是酒中仙。”由于作者对事物的形象谙熟于目，感应于心，并透过艺术的心灵捕捉住它的精神本质，就一句“天子呼来不上船”，即把李白的“狂人”形象凸显出来。一个是面对“天子”，杜甫诗中用了“不”字；一个是面对“祖宗”，沈鹏诗中用了“敢”字，可谓异曲同工之妙，殊途同归之趣，从中也可领略司空图所谓“象外之象”与“味外之味”。

“铁则万难逆水移”中的“铁则”可理解为吃人的铁桶规则，四千年来冰冷坚硬且包浆渐厚。“狂人”实际上是文化意识的反抗者和挑战传统封建制度的勇敢战士。沈鹏先生诗中一个“移”字，把“狂人”面对“铁则”“万难”“逆水”的举步维艰写到极致。其“移”之难如《列子·汤问》中的愚公移山。与其说是一个“移”字，倒不如说是一个“撼”字，描绘出“狂人”彻底瓦解和撕破了常人世界平和安全的表面状态，直达其最残酷、最黑暗的深层，不仅在表征意义上指出了仁义道德对人性的扼杀，而且从更深层次摇撼了统治中国几千年的封建礼教的根底。

第三首诗围绕“人性”展开，步步为营。“煎熬烹煮享獠牙”句是那个恐怖现实的写真，“吃人”一并吞入肚里的还有“人性”。“享獠牙”则揭示了吃人者人性的泯灭。“噩梦惊骇乱似麻”句，谓“狂人”在梦里深受“吃人”的阴影惊吓，不得安宁。“礼教淫威屏声息”句则揭露了隐藏于吃人者背后的旧礼教、旧制度、旧文化的狰狞嘴脸，因“礼教淫威”使得百姓敢怒而不敢言，只能陷入沉痛的无言中。“摧心裂肺不留渣”，除了血淋淋的吃人以外，还有另外一种意义上的吃人，就是对人精神的残害，但从表面上又难于察觉。这又多么可悲！

第四首诗围绕觉醒展开。“沉沉子夜远侵晨”预示着“狂人”在黎明到来之前其心灵和肉体双重经受着深沉、黑暗、漫长的寒夜侵袭。一个“远”字隐喻四千年沉重之履。“人血馒头血口吞”描述丧尽天良的残酷行径，是曙光前夜的征兆，是火山爆发的酝酿。我最喜欢“奋起呼吁救孩子，神州呐喊废尊神”。“奋起呼吁”与“神州呐喊”最振奋人心，标志着整个中华民族开始觉醒。“救孩子”与“废尊神”切准要害，因为孩子还保留着人的天性，救救孩子就是救救整个国家和民族。只有废“尊神”，才能彻底揭穿权势者利用孔孟礼教作欺骗性宣传。诗中“废”字斩钉截铁，最是解痒，是“出路何在”的答案。全诗诗意浓郁，余韵绕梁，令人回味无穷，掩卷长思。

榜上无名月色寒

——品析沈鹏读鲁迅小说《白光》诗二首

鲁迅先生小说《白光》塑造了一位读书人科举落第失意的艺术形象。沈鹏先生用诗的形式生动地诠释了这一艺术形象。诗云：

一

榜上无名月色寒，
士途倒塌即丢官。
惊惶深掘金银窟，
先祖余荫一缕烟。

二

溺水何甘一命终，
精神崩溃太匆匆。
功名利禄全般了，
永世深潜泥淖中。

第一首诗，前两句“榜上无名月色寒，士途倒塌即丢官”，运用跌宕开阖的手法，先写“月色寒”，尔后推出“即丢官”，“榜上无名”是诱因，“士途倒塌”是结果，给读者以强烈的情感冲击。尤其是一个“寒”字为神来之笔，为全诗奠定了基调，既道出了陈士成因“十年寒窗苦读，只为一举成名”的艰辛追求，更揭示了陈士成参加十六次科举屡屡失意的落魄心境。

在中国历史上，科举考试选拔官吏制度有积极意义，彻底打破血缘世袭关系和世族的垄断，使得部分社会中下层有能力的读书人获得进入社会上层、施展才智的机会。宋代洪迈《容斋四笔·得意失意诗》中把“金榜题名时”列为人生四喜之一。宋人汪洙《神童诗》道“朝为田舍郎，暮登天子堂”，正是陈士成们追求的目标。

科举制从隋唐始起，直至清光绪三十一年（1905）举行最后一科进士考试为止，经历一千三百余年，成为世界上延续时间最长的选拔人才的办法。后期从内容到形式严重束缚了应考者。《儒林外史》中的范进、鲁迅《白光》中的陈士成就是其中的受害者。宋人柳永在大中祥符二年（1009），自信“定然魁甲登高第”；及试，真宗有诏，“属辞浮靡”，受到严厉谴责。柳永初试落第，愤慨之下作《鹤冲天·黄金榜上》：“黄金榜上，偶失龙头望”，柳永的“偶失龙头望”与陈士成的“竟没有一个考官懂得文章”共同发泄了对科举的牢骚和不满。

然而，作为读书人，没有科举更加可悲。科举停废即意味着断送读书人求取功名的途径。元惠宗时期，因丞相伯颜擅权，科举停废，这个时期读书人经历了从来没有过的卑微待遇。元代读书人自嘲道：“一官二吏三僧四道五医六工七匠八娼九儒十丐”。“文革”时期教师被喊作“臭老九”之典故即源于此。马致远在《天净沙·秋思》中描绘的“断肠人”最能代表元代读书人心中的失落感：“枯藤老树昏鸦，小桥流水人家，古道西风瘦马。夕阳西下，断肠人在天涯。”元代一度科举停废，但读书人并未因此消沉。关汉卿、王实甫等一批“长太息以掩涕兮，哀民生之多艰”（屈原《离骚》句）的读书人，因失去考取仕途的机会，遂以写作谋生，真正体验了民间疾苦，写出“后世莫能继焉者”的“一代文学”《窦娥冤》《西厢记》等优秀作品。

诗中“榜上无名月色寒”实为描写月下悲凉诗句中的佳句，深刻地道出了千百年来科举落第人的心境。我们拿古人写月下悲凉诗句作一些比较，如李商隐《无题》“夜吟应觉月光寒”中的凄苦；如杜牧《旅宿》“断雁警愁眠”中的愁眠；如李白《月下独酌》“对影成三人”中的独饮，但李白总还有酒有月。而“榜上无名月色寒”中的陈士成则是紧闭家门，羞于见人，月色寒阵阵袭上心头，一个“寒”字加重和预示了他后来不幸的人生命运。通过“月色寒”三字，沈鹏先生巧借月色将诗思、情思“激”活，落笔在景，用心在情。

此诗后两句“惊惶深掘金银窟，先祖余荫一缕烟”中“惊惶”两字委婉地写出这位落魄文人慌乱之中看到的所谓“白光”后惊喜与惶恐的复杂心绪。他受白光的启示和先祖余荫存有宝藏的传言，开始疯狂地在院子里掘窟找银子。寻找“金银”成为他落榜后暂时抚慰悲伤、落魄心境的一丝希望。“一缕烟”指心存的最后一丝希望也随风消逝。所谓的“白光”不但没有引导他找到希望，反而加剧了他生命的结束。

第二首诗，诗人在写陈士成命归黄泉的不幸命运的同时，深刻地批判了封建社会病态的科考制度。前两句“溺水何甘一命终，精神崩溃太匆匆”，“何甘”与“崩溃”揭示了陈士成内心深处的挣扎与不甘。因为他在“先祖余荫”下未找到宝藏时，耳边忽听得“这里没有……到山里去……”于是乎，他顺着“浩大闪烁的白光”走进大山去。然而，宝没寻到，反而，不慎坠湖溺亡。“何甘”两字最为深刻，在此处细腻地描写了陈士成在人生最后一刻对求生的那份渴望，他“确凿曾在水底里挣命，所以十个指甲里都满嵌着河底泥”。他的不幸命运给世人留下了挥之不去的阴影，这正是鲁迅写《白光》的意义。

“功名利禄全般了，永世深潜泥淖中”两句，是作为读书人的诗人在情感上的不禁喟然。“全般了”为“功名利禄”的倒转句，诗人在感叹，人一旦没了，功名利禄、江山社稷给你又有何用？“永世深潜”谓陈士成深深潜入科举泥淖的不可自拔。

两首诗前后呼应，虽为两韵，是因果结构和递进句式，即由于“榜上无名”导致“士途倒塌”；“士途倒塌”意味着“即丢官”；“即丢官”便“全般了”；“全般了”导致“一命终”，诗作环环相连，扣人心弦。呜呼，这种选人机制，导致多少读书人的思想扭曲。《儒林外史》中的范进中举后发疯，孔乙己落第后沦为乞丐，陈士成坚持科考十六次不中坠湖。小说中陈士成幻觉中的一段话，对这一现象作了最好注释：“绅士们既然千方百计的来攀亲，人们又都像看见了神明似的敬畏……”

沈鹏先生读鲁迅小说《白光》二首，诗人从陈士成观榜失意写起，继而写陈士成的不幸，写科举制度给读书人带来的精神混乱，由人及国，诗人一片忧国忧民的赤诚，溢于言表。这种感情具有崇高的性质，正是此诗的魅力所在。

悲怜坛下祥林嫂

——品析沈鹏读鲁迅小说《祝福》诗二首

鲁迅先生小说《祝福》通过祥林嫂这一艺术形象，深刻地揭示出旧中国劳动妇女共同的悲惨命运。沈鹏先生以诗的形式生动地诠释了祥林嫂的不幸遭遇。诗曰：

一

死后魂灵孰个知？
只身无寄质幽微。
夫儿命薄罪孤寡，
礼教弥漫布杀机。

二

爆竹迎神祝福天，
富家祭祀孝为先。
悲怜坛下祥林嫂，
灵肉牺牲奉旧年。

鲁迅先生曾说："要极俭省的画出一个人的特点，最好是画她的眼睛。"《祝福》中，看到祥林嫂那双眼睛时"我很悚然"就是明证。沈鹏先生第一首诗首联"死后魂灵孰个知"中的"孰个知"正是小说《祝福》中"我"看到的"她那没有精采的眼睛忽然发光了"的祥林嫂。

"孰个知"三字是祥林嫂向"我"发问时，我当时窘迫的心境。面对祥林嫂"忽然发光"的眼睛，听着她一连向"我"提出了三个问题：人死后有没有魂灵？是不是下地狱？亲人能不能见面？而被祥林嫂高抬"你是识字的，又是出门人，见识得多"的"我"，回答却是语无伦次，以致"一见她的眼盯着我的，背上也就遭了芒刺一般，比在学校里遇到不及预防的临时考，教师又偏是站在身旁的时候，惶急得多了"，"我乘她不再紧接的问，迈开步便走，匆匆的逃回四叔的家中，心里很觉得不安逸"。

首句的"孰"字，表示"谁"或"哪个"的意思，即祥林嫂询问：谁能，哪个能回答我心中的疑惑啊？与次句"质"字形成上下互动关系。诗人"质"字用得饶有味道，分别作动词、名词和形容词用。首先是质问的意思，随着诗境的深入，指"本质"时，"质"字又变成名词和形容词使用。"幽微"两字，是写一种复杂的思绪，

“幽”可引申为幽昧，释义为昏暗不明。如《楚辞·离骚》中有“路幽昧以险隘”。《隋书·经籍志一》“其理幽昧，究极神道”，“微”可引申为微茫，释义为迷漫而模糊。如李白《梦游天姥吟留别》句“海客谈瀛洲，烟涛微茫信难求”诗中“微茫”两字，也是表达景象模糊不清的意思。诗人通过“孰个知”“质幽微”把祥林嫂懵懂的内心世界刻画得淋漓尽致。在我看来，“死后魂灵孰个知？只身无寄质幽微”句与白居易《卖炭翁》“可怜身上衣正单，心忧炭贱愿天寒”句有异曲同工之妙。身着单薄衣裳的卖炭翁，在冻得发抖的时候，一心盼望天气更冷。诗人如此深刻地理解卖炭翁的艰难处境和复杂的内心活动，又用“可怜”两字倾注了无限同情，催人泪下。此处沈鹏先生用“孰个知”“质幽微”六字，深刻地理解了祥林嫂内心对“魂灵有无”的迷茫、疑惑、恐惧五味杂陈的复杂心绪，同样催人泪下。

“孰个知”三字也为全诗留下伏笔或曰悬念，之后的诗句都围绕这条主线铺陈开来。小说中祥林嫂始终在“灵魂有无”间痛苦纠缠。这套迂腐的理论，缘于小说中柳妈讲阴司故事给祥林嫂听。从主观上讲，柳妈想帮助祥林嫂找到“赎罪”的办法脱离苦海。但由于柳妈受封建礼教的毒害极深，她把地狱、天堂、灵魂之类的邪说和“饿死事小，失节事大”的理学信条当作挽救祥林嫂的灵丹妙药，反而给祥林嫂造成无法承受的精神负担，从而把祥林嫂推向更恐怖的深渊。

“只身无寄质幽微”句，“质幽微”三字写得最为深刻。在祥林嫂向“我”质问内心深处的幽昧、微茫时，反衬隐喻了祥林嫂人生的黯淡和卑微。中国文字之美，在于字里包含的丰富内涵。如“道”字，论形而上的道时，指学养、境界、格调等精神层面；论形而下的道时，就是道路、楼道、街道等具体的物。诗人正是巧妙地借用文字字义的多样性和诗的想象力，丰富了诗的内涵。“质”作为名词和形容词使用时，成为整个诗的核心话题，“质”字是两首诗的“诗眼”，指旧中国妇女无论出生贵贱，本质上所处的社会地位是卑微的。《诗经·氓》中的女主人公，由婚前的“载笑载言”，到婚后被丈夫“始乱终弃”。《孔雀东南飞》中的刘兰芝“十三能织素，十四学裁衣。十五弹箜篌，十六诵诗书”，出嫁后终日织布，但却因为“此妇无礼节，举动自专由”惨遭婆婆驱遣。《红楼梦》中金陵十二钗的贾元春，正当青春灿烂，入宫做皇帝的侍妾；晋封为凤藻宫尚书，加封贤德妃；她回家省亲时，不但没有衣锦还乡的喜悦，反而一直悲恸啼哭“当日把我送到那不得见人的去处”。白居易《长恨歌》“在天愿做比翼鸟，在地愿为连理枝”，诗中被唐玄宗宠爱的杨贵妃，在唐玄宗面对“安史之乱”造成“六军不发无奈何”时，落得个“宛转蛾眉马前死”的结果。这一桩桩悲剧昭示了旧中国女性处于从属、被奴役、婚姻不能自主的社会地位。诗中祥林嫂的“只身无寄”比起上述几位，更显得卑微可怜。祥林嫂惨死于除夕之夜，从鲁四老爷给予她的最恶毒的诅咒中可见端倪：“不早不迟，偏偏要在这时候——这就可见是一个谬种！”在这个男权社会中，妇女地位卑微，即是死，也死的不是时候。诗人用“质幽微”三字，深刻地揭示了封建社会里祥林嫂可怜与卑微的命运。

“夫儿命薄罪孤寡，礼教弥漫布杀机”两句，是承“孰个知”的倒叙和展开，这种写法充分调动了读者的阅读兴趣。这两句交待了祥林嫂为何“命薄”。首先是“夫儿命薄”导致祥林嫂“罪孤寡”。为了赎免“罪孽”，她甚至把积存的工钱到土地庙捐了门槛。要说有罪，这个“罪”是封建“礼教”的结果，是长期“弥漫”布下的杀机。诗人在第一首诗中“死后魂灵孰个知”的起因，正是小说中柳妈那段诡秘的鬼话：“祥林嫂，你实在不合算。”“再一强，或者索性撞一个死，就好了。现在呢，你和你的第二个男人过活不到两年，倒落了一件大罪名。你想，你将来到阴司去，那两个死鬼的男人还要争，你给了谁好呢？阎罗大王只好把你锯开来，分给他们……”这也正是祥林嫂追问“我”“灵魂有无”的原由。“嫁而守寡，寡而再嫁，嫁而再寡”，祥林嫂自觉命数里克夫，故灵魂不安。诗人通过一个“罪”字，深刻地揭示了旧中国妇女被封建礼教折磨的悲苦遭遇。

第二首诗，诗人采用对比的写作手法，一富一穷，一明一暗，令人震撼。“爆竹迎神祝福天，富家祭祀孝为先”句，是描写鲁四爷之流的富人家过年的景象。在除夕爆竹迎神的祝福声中，鲁四爷们正忙碌着将猪、牛、羊、鸡、鱼等祭品祭祀祖先，行礼施孝。孩子们则围着庭院垒起的“旺火”放着鞭炮，快活地蹦蹦跳跳。此刻，屋内是通明的灯火，庭前是灿烂的火花，屋外是震天的响声，沉浸在欢快热闹的节日气氛中。

“悲怜坛下祥林嫂，灵肉牺牲奉旧年”句，则是祥林嫂最后绝唱。诗中“坛”字，最耐人寻味。首先是精神的“神坛”，指旧中国妇女身处君权、族权、神权、夫权折磨的礼教规矩；其次是物质的“神坛”，即献上供品，企图得到神灵保佑，事实上是劳民伤财。面对“神坛”，祥林嫂第一次表现的是悲壮。丈夫去世，她逃到鲁四爷家做工被婆家发现抓回，当作赚钱的货物卖到深山嫁给贺老六家时，她毅然举头撞向神坛下的香案，以头破血流的代价彰显了“寡妇守节”的壮烈。第二次表现的是绝望。第二任丈夫死后和“狼吃阿毛”，她重新回到鲁四爷家时，恰逢新年祝福祭祀，这个过去“彻夜的煮福礼，全是一人担当”的女人，因鲁四老爷嫌她“伤风败俗”，四婶嫌她不中用，不让她沾手祭祀，使得她全然陷入绝境。她在黑暗里裹夹着飞舞的雪花，在鲁镇响起毕毕剥剥的鞭炮声中，寂然死去，将灵与肉一并“奉”给上苍。读毕沈鹏先生读鲁迅先生小说《祝福》诗二首，我掩卷而思，心情久久不能平静。

蟪蛄也欲噪春秋

——品析沈鹏读鲁迅小说《药》诗二首

鲁迅先生小说《药》，采取一明一暗两条线索，将愚昧者与革命者刻画得耐人寻味，令人深思；沈鹏先生读鲁迅先生小说《药》诗二首，采取借喻和引典等手法，独具匠心地将艺术形象与历史人物有机结合，回味无穷。诗云：

一

病入膏肓绝信妖，
不求疗治引邪招。
轩亭口上女儿血，
直面昏愚含恨抛。

二

荒坟累累叠馒头，
付与富家寿礼收。
恶少帮闲刽子手，
蟪蛄也欲噪春秋。

第一首诗，前两句“病入膏肓绝信妖，不求疗治引邪招”，深刻地揭示了辛亥革命时期国民昏愚思想及行为方式。当时鲁迅先生父亲病重，医生“引邪招”让他去找“蟋蟀一对，要原配，即本在一窠中者”当药引；小说《药》中，华老栓儿子得痨病，迷信人血馒头治病。诗中“绝信妖”的“绝”字，道出“信妖”的愚昧性和顽固性。事实上，当时中国的落后不仅是医学技术方面，还在于思想观念的愚昧无知。当欧洲人经过工业革命进入机械时代，国人还盛行着“巫医不分”和“女人裹足”，鲁迅先生就是眼看着父亲不治撒手人寰的。他在悲愤中赴日本学医，企图救国民于病痛之中。

刘公坡《学诗百法》中云：“须要虚实相间，不有虚笔，即无灵气；不有实笔，即无真意。”“轩亭口上女儿血，直面昏愚含恨抛”句，诗人采用虚实结合的方法，将小说中人物形象与历史上的真实人物叠合起来，增强了艺术感染力。小说《药》中的革命者夏瑜，是以近代民主革命志士秋瑾为原型塑造的。“轩亭口”是明清绍兴官府处决死刑犯的刑场，是年仅三十二岁的中国女权和女学思想的倡导者秋瑾就义处。“女儿血”，诗人是在讴歌秋瑾、夏瑜这些革命者抛头颅、洒热血的英雄壮举。诗中“直面昏愚含恨抛”句中“直面昏愚”是鲁迅先生最憎恨的。他在《呵旁观者文》说：“天下最可厌可憎可鄙之人，莫过于旁观者。”《药》中革命者夏瑜被杀害时，“一堆”观众“颈项都伸得很长，仿佛许多鸭，被无形的手捏住了的，向上提着”。诗中“含恨”两字，正是针对和痛恨这些除了看热闹的好奇心外毫无别的感觉的人。

这使我想到魏晋时期，“竹林七贤”中的嵇康在遭遇钟会陷害，司马昭下令处死嵇康当日，三千名太学生集体请愿，请求朝廷赦免他，并要求让嵇康来太学任教。他们的要求虽然没被同意，但当时人们的是非观、正义感是鲜明的。临刑前，嵇康神色不变，如同平常一般，在刑场上抚了一曲千古绝唱《广陵散》。《晋书》说“顾视日影，索琴而弹之”。那一幕，定格在多少人的心里。而到了鲁迅先生所处时期，国人的思想已愚昧到麻木不仁的地步。

鲁迅先生在《藤野先生》一文中深刻揭示了这种愚昧思想：“第二年添教霉菌学，细菌的形状是全用电影来显示的，一段落已完而还没有到下课的时候，便影几片时事的片子，自然都是日本战胜俄国的情形。但偏有中国人夹在里边：给俄国人做侦探，被日本军捕获，要枪毙了，围着看的也是一群中国人。……此后回到中国来，我看见那些闲看枪毙犯人的人们，他们也何尝不酒醉似的喝彩。”一位外国人的大声疾呼让鲁迅先生坚定了弃医从文的决心。这个人就是鲁迅先生最崇拜的俄国著名作家托尔斯泰。托尔斯泰对俄日两国军队在中国东北交战的野蛮行径，写信给俄国和日本的皇帝，信的开首“你改悔罢！”四字，尤为振聋发聩。也就是从这一刻起，鲁迅先生开启了他以笔代刀的写作生涯。

“荒坟累累叠馒头，付与富家寿礼收”句，描述了华家、夏家两位母亲分别在儿子死后坟头相遇时的景象。小说采取明暗两条线展开，而双线交汇点安排在结尾的坟地上。这种巧妙的交汇，寓意在封建迷信思想笼罩下的国民，无论“愚昧者”还是“革命者”，共同构成了命运的悲哀与不幸。尤其相遇时烈士的母亲，“有些踌躇，惨白的脸上，现出些羞愧的颜色”，把辛亥革命前夕在封建势力重压下人民群众的精神状态表现得淋漓尽致。诗中一个“叠”字，极具画面感，最为精彩。因为在两位母亲眼里，此时的坟头宛然阔人家里祝寿时候的馒头，然而层层叠叠地堆放在凄凉的荒野，却沉重地压在她们心头之上。累累叠“土馒头”这一惨烈的景象，在沈从文先生《从文自传》里《辛亥革命的一课》中能得到印证：“革命算已失败了，杀戮还只是刚在开始。……当初每天必杀一百左右……到后人太多了……把犯人牵到天王庙大殿前院坪里，在神前掷竹筊，一仰一覆的顺筊，开释，双仰的阳筊，开释，双覆的阴筊，杀头。……一个人在一分赌博上既占去便宜四分之三，因此应死的谁也不说话，就低下头走去。”多么可悲的国民！“付与富家寿礼收”句，我理解“寿礼收”即劳苦大众辛辛苦苦挣来的血汗钱，无形中变成了供养富人祝寿的礼钱。面对这种麻木不仁的状态，鲁迅先生在黑暗中奋起呐喊。毛泽东在为陕北公学学生作《论鲁迅》的演讲中评价：“鲁迅在中国的价值，据我看要算是中国的第一等圣人。孔夫子是封建社会的圣人，鲁迅则是现代中国的圣人。”

“恶少帮闲刽子手，蟪蛄也欲噪春秋”句，是诗人对那些目光短浅的恶人帮闲和刽子手的痛斥之声。鲁迅先生笔下有“洋场恶少”之说。他在观察三十年代文坛时发现有三类作家。这些人向积极方面发展，就成为洋场恶少，充满流氓气，是为“才子加流氓”；向消极方面发展，便成为瘪三，到处讨吃，得一顿饭而已。鲁迅先生不客气地说：“我宁愿向泼辣的妓女立正，也不要向死样活力的文人打绷。”这种“泼辣的妓女”在这时期鸳鸯蝴蝶派的张爱玲言情小说中多能看到。如张爱玲小说《十八春》中的曼璐，她作为上海滩上的交际花，靠做妓女的工作供养着弟弟、妹妹和母亲，她是一个悲哀的隐忍者。在鲁迅看来远比“死样活力的文人”要有志气。对于“帮闲”，鲁迅先生尖锐地指出：他们在于

“使血案中没有血迹，也没有血腥气”，使统治者的杀人食人了无血迹。小说《药》中，康大叔、夏三爷、红眼睛阿义、华家夫妇等人都是鲁迅笔下批判的“看客”和“帮闲”。诗中“刽子手”指小说中杀人不眨眼的“黑衣人”。上小学时，课本上有鲁迅《药》这篇小说，隐约记得老师在课堂上讲“黑衣人”即康大叔。后来研究中国文学史，拿《药》的结构研究时，逐渐发现小说是按明、暗两条线索来叙述故事的，老栓买药、小栓吃药、众人谈药是明线，夏瑜狱中斗争、英勇就义是暗线，而暗线结构中的若隐若现使读者容易产生错觉。人血馒头是联结这两条线索的“物”，而康大叔则是联结这两条线索的“人”。因此说，杀夏瑜、塞馒头、抓洋钱都是“黑衣人”所为，康大叔是“黑衣人”的“托儿”。看来，鲁迅先生对“黑衣人”和康大叔这两个人物的安排扑朔迷离，颇具匠心。茅盾先生对此讲道：“鲁迅君常常是创造‘新形式’的先锋；《呐喊》里的十多篇小说几乎一篇有一篇新形式。”

“蟪蛄也欲噪春秋”句，典出《庄子·逍遥游》“蟪蛄不知春秋”。蟪蛄为蝉的一种，春生夏死，夏生秋死，因此知春而不知秋，知秋则不知春。庄子的文章，想象奇幻，构思巧妙，多彩的思想世界和文学意境，多为后学引用。鲁迅先生曾赞扬庄子说：“其文则汪洋辟阖，仪态万方，晚周诸子之作，莫能先也。”诗人借用“蟪蛄不知春秋”的典故，写“蟪蛄也欲噪春秋”，隐喻和鄙视那些“恶少帮闲刽子手”们的眼光短浅。《文心雕龙·事类》尝云：“事类者，盖文章之外，据事以类义，援古以证今者也。”沈鹏先生援用庄子名言述“古”事，来证明“今”事，在抒发心中郁愤的同时，进一步增加了诗的文学性和趣味性，同时，也引申出诗词欣赏中的联想问题。但凡艺术，都有引发联想的功能，而诗词是引发力较强、留下余地较大的一种。而联想的产生有待于欣赏者用心玩味思索。司马光在《续诗话》中说：“古人为诗，贵于意在言外”，必须“思而得之”。品沈鹏先生读鲁迅《药》诗二首，使我对“思而得之”有了更加深刻的理解。

邪恶犹防一线牵

——品析沈鹏读鲁迅小说《风波》诗二首

鲁迅先生小说《风波》，通过富有个性色彩和乡土气息的人物对话，从侧面生动地刻画出近代史上那场风波。沈鹏先生两首小诗，理趣浑然，把那场看似小风波、实乃大事件的复辟帝制闹剧，诠释得巍峨可观。诗云：

一

代代相传总不如，
九斤老太昧乘除。
龙庭宝座登高否？
复辟闹场一旦输。

二

小起风波五四前，
上推余孽几千年。
昌明科技新时代，
邪恶犹防一线牵。

第一首诗前两句，“代代相传总不如，九斤老太昧乘除”为倒装句。“代代相传总不如”是用诗的语言描绘鲁迅先生笔下借九斤老太口头禅“一代不如一代”的论调，深刻揭示陈旧腐朽的保守观念。“九斤老太昧乘除”句中“九斤老太”为鲁迅先生笔下塑造的陈腐且狭隘的代表性人物，也体现了对复古家、国粹家的强烈讽刺。“昧”字是“一代不如一代”论调根源的点睛之笔。“昧”字可解释为昏庸、糊涂之意。如《左传·僖公二十四年》中云：“耳不听五声之和为聋，目不别五色之章为昧。”而“乘除”两字古时泛指岁月更替，如北宋哲学家、易学家邵雍《养心歌》：“万事乘除总在天，何必愁肠千百结”；再如《红楼梦曲》十二支《留余庆》：“正是乘除加减，上有苍穹”。

“龙庭宝座登高否？ 复辟闹场一旦输。”其中“龙庭宝座”是中国帝制最高统治者的象征。“登高否”是诗人在反问：已废的皇帝果真能重登宝座，坐稳江山吗？因为辛亥革命已推翻了统治中国几千年的君主专制，建立起共和政体。然而，正如诗人反讽的那样，1917年7月1日封建军阀张勋却一手制造出拥立溥仪复辟帝制的闹剧，12日就被皖系军阀段祺瑞的“讨逆军”击溃，使这场复辟帝制的“黄粱梦”迅疾收场。此处诗人将“登高否”与“一旦输”作对应，采取疏朗而又大起大落的笔法，把握事件整体，传达出整个风波的气势来。从诗中可以看出，诗人不拘限于勾勒一角一隅的细微末节，而是通过一问一答，便把这出近代史上看似小风波实为大事件的成因交待清楚。就在这写意似的两句中，诗人的襟怀、情趣，已如盘马弯弓，呼之欲出了。

第二首诗，诗趣弥漫，尤其一个“牵”字，把全诗盘活。第二首诗是第一首诗的继续和诗人意犹未尽的结果。如果没有第一首诗蕴积的深厚力量，后一首诗就会显得平淡或浮泛。这正是诗人平中见奇的高明之处。诗人从“小起风波”夹叙夹议，又在人所不料处翻出新意，陡起高潮，从而进一步深化了这场风波的主题。诗人之所以要将“五四前”与“几千年”做比较，是在挖掘、阐述这场“风波”的“余孽”根源可“上推几千年”的辩证关系，进一步论证了深刻的历史原因和民族心理。如当时处在事件中的曹锟对其部下所说的一番话，可对诗人运用“余孽”两字作出最好的诠释：“一个国家没有皇上还行？自打没有皇上，南也乱，北也乱。”可见“小起风波”中“小”字在这场大事件中，用得轻松且精彩。看来诗的价值不在于用词上多么华丽与讲究，而在有无感发人心的力量。如果把五四前这次风波放在中国几千年的历史长河中去衡量，它着实算是“小起”，然而，一石激起千层浪，一场“小起风波”打破了千百年来的平静，进一步唤醒了中国人民彻底的反帝反封建的爱国热情。诗中的一股郁勃回荡之气，挟着深沉的人生感慨和博大的历史情怀，以不可阻遏之势喷放出来，谓之震撼心灵。

“昌明科技新时代，邪恶犹防一线牵。”诗中“昌明”有黎明、兴盛发达、盛美、发扬光大、开明等含义。“昌明科技新时代”，是诗人赞叹中国科学技术在伟大的五四运动前后逐渐地走进了一个新的时期，掀开了中国现代科学技术史的新的一页。从戊戌变法、辛亥革命直到五四运动等一系列革命运动也证明：科学技术不仅可以创造新的生产力，而且也是变革社会的不可缺少的一个重要力量。“邪恶犹防一线牵”，邪恶当指袁世凯之流的复辟企图。“犹防”两字意义深远，不仅犹防当下，也是对犹防日后的警示。“犹”字在这里表达还要、仍然的意思。因为这时革命成果还是被袁世凯的利益集团所窃取，使得中国百姓仍然处在半殖民地半封建社会的苦难之中。“一线牵”中的“牵”字用得极妙。对于袁世凯这个野心家来说，牵着的是“龙庭宝座”的复辟美梦；对于还处在愚昧中的国民来说，牵引的是受封建“余孽”影响的惊慌与落魄；

对于觉醒的国民来说，牵肠的是前进的希望与倒退的不安。“牵”字诗意浓浓，是此诗的灵魂，可谓牵一发而动全身，既形象直观，平中见奇，又触目惊心，回肠荡气。

糊涂随便此区区

——品析沈鹏读鲁迅小说《在酒楼上》诗二首

沈鹏先生围绕鲁迅先生《在酒楼上》“我”与吕纬甫的对话，用诗的语言，为吕纬甫勾勒出判若两人的“从前”激情“战斗者”和“现在”消沉“苟活者”两幅人物肖像，可谓巧夺天工，微妙在智。诗云：

一

敢侵神像拔须茎，
改造中华义愤膺。
十载偶逢惊巨变，
课徒熟诵《女儿经》。

二

糊涂随便此区区，
半入衰年一唏嘘。
迁葬送花遣寂寞，
小窥碧海弃苍梧。

第一首诗，诗人围绕主人公吕纬甫前后思想变化，采取明暗两条线展开。诗意分两层，每层都有抑扬起伏，但全诗却形成一种出人意料的反差。第一句说“敢侵神像拔须茎”，写吕纬甫“恰同学少年，风华正茂；书生意气，挥斥方遒”的豪迈气概。后一句接着说“改造中华义愤膺”，使人不由进入五四运动的洪流之中，心潮澎湃，热血沸腾，倍受鼓舞。诗中一个“敢”字引领全篇，开门见山，矗立在读者眼前的是一个充满理想、朝气蓬勃，为了改造中华民族前途命运而冲破世俗、义愤填膺、无所畏慎、敢拔神像须茎的知识分子形象。而“敢”字后边的“拔”字，精彩传神，让人拍案称快。

紧接着“十载偶逢惊巨变”，诗人巧妙地通过一个“惊”字，把人物的命运来了一个一百八十度的大转弯。正如清末诗人施补华在《岘佣说诗》中云：“诗犹文也，忌直贵曲。”这一个“惊”字，可谓蕴含着“曲”美之意，强化了小说中“我”与吕纬甫“十载偶逢”对其发生“巨变”的惊愕：这个曾慷慨激昂地讨论过民族大业、曾不顾一切地与封建礼教作斗争、曾无所畏惧地冲进城隍庙拔掉神像胡须的有志青年，如今却变成一个浑浑噩噩的“教书匠”。而后一句对吕纬甫在颓唐消沉中无辜消磨生命作了具体描写：“课徒熟诵《女儿经》”。

此句诗人采取写实的手法，揭示了吕纬甫“无乎不可”的人生态度。“课徒”即教学生。“熟诵”则反映了吕纬甫因“心死”而背弃了高尚的人生境界，苟且偷安，甚至为了糊口去教孩子们学习充满封建毒素的《女儿经》之类的东西。一个“惊”字，表达了诗人对吕纬甫由一个“激进者”而退化为一个“落荒者”不幸命运的深切感叹。

如果说第一首诗是从宏观上铺排，第二首诗即是从微观上刻画。第一句“糊涂随便此区区”，是诗的中心思想，写吕纬甫甘心颓废。“糊涂随便”四字写得极为深邃，尤其是“此区区”中的“此”字，直指其内心深处的“浑浑噩噩”“敷敷衍衍”“模模糊糊”。“区区”二字力透纸背，入木三分，构成了前后两首诗共同的灵魂所在和点睛之笔。“区区”一般指小、少，形容微不足道。如《广雅·释诂二》云：“区，小也。”也比喻愚拙、凡庸。如古诗《孔雀东南飞》中有“何乃太区区”句，闻一多《乐府诗笺》注释时说：“区区犹壼壼，愚也。”“区区”在诗中是“小”意与“愚拙、凡庸”之全部。原本充满改造中华大业的豪迈气概，如今却视为区区小事，糊涂随便地随波逐流，可谓愚庸至极。“半入衰年一唏嘘”，“半入衰年”是写生命状态，“一唏嘘”则是揭示精神实质。诗人给我们呈现出一幅“人半老、身已衰、心如灰”的颓废肖像。吕纬甫也把自己比喻为一只苍蝇，“停在一个地方，给什么来一下，即刻飞走了，但是只飞了一个小圈，便又回来停在原地点”。这正是当时知识分子的悲哀境遇，更是民族的悲哀境遇。故鲁迅先生在《彷徨》扉页上题写屈原诗句“路漫漫其修远兮，吾将上下而求索”，这个题辞与小说《在酒楼上》的题旨正相呼应。

第三、四句，“迁葬送花遣寂寞，小窥碧海弃苍梧”，是对首二句吕纬甫生命状态的延伸和追问。而“遣”字与诗的第一句“糊涂随便此区区”里的“此”字，启前承后，互相切入，极显笔法之灵妙。“遣”字深刻地反映了吕纬甫在“迁葬”和“送花”两件事上：一方面，表明他仍然是一个良知未泯的知识分子；另一方面，证明他已沦落为一个因生活琐碎而乐意奔波的普通人了。正如他自己所言：“等于什么也没有做，但都做得很尽兴。”而“小窥碧海弃苍梧”句，为诗人引经据典，体现了诗人渊博的国学修养与知识储备。吕洞宾祖师也有诗云：“朝游碧海暮苍梧，袖有龙蛇胆气粗。”吴承恩《西游记》中菩提祖师对悟空说：神仙“朝游北海暮苍梧”。作者将“碧海”“苍梧”引入诗中，增加了诗趣和意境。鲁迅原作中的吕纬甫，虽然年少也曾有过“敢侵神像拔须茎”的作为，但很快便无聊消极，“小窥”而“弃”，令人感伤。诗人在说“碧海”时用“小窥”；而论“苍梧”时乃用“弃”字。释“弃”字，有舍去、扔掉等义。昔李白《上安州裴长史书》中提及“南穷苍梧，东涉溟海”，而李白离开家乡是“仗剑去国，辞亲远游”，可见“辞”“别”“去”等字眼实为古人惯用。而沈鹏先生不喜老路，独辟新径，用“弃”字，不仅更加准确地揭示了吕纬甫辛酸人生的境遇，还如清代诗人方世举评韩愈诗有“避熟取生之趣”。如把“朝碧海”理解为朝去游碧海，而“暮苍梧”是晚上回归的休息之所。这个“弃”字，个中三昧值得咀嚼。我们再看看同样在说“苍梧”时，苏轼《苍梧道中寄子由》云：“九疑联绵属衡湘，苍梧独在天一方。”苏诗中的“苍梧”虽是“独在”，但起码有归宿，是在“天一方”。而此诗中，诗人写“弃苍梧”，这个“弃”字增加几多不确定的悲凉之情。若论诗中“情”字，古人多有论述，如陆机《文赋》中有“诗缘情”；如刘勰《文心雕龙·情采》有“繁采寡情，味之必厌”；再如刘熙载《词曲概》有“词家先要辨得情字”。故诗与情天然地结下了不解之缘。此诗中一个“弃”字，可见诗人深情地感叹吕纬甫在灵魂深处无家可归、无可附着的失落感及漂泊感。正如小说中的一句话：“北方固不是我的旧乡，但南来又只能算是一个客子。”在这背后，更多地揭示了吕纬甫内心的绝望与荒凉。若论情字，此诗主情，不但情富，而且味永。因此，读沈鹏先生诗，如食苹果，满口香甜；如含橄榄，回味无穷。

秤锤无定秤杆斜

——品析沈鹏读鲁迅小说《孤独者》诗二首

沈鹏先生围绕鲁迅先生《孤独者》主旨思想，以诗的语言，巧妙地勾勒出主人公魏连殳“秤锤无定秤杆斜”这一鲜明人物性格的两极特点：一个是极端的异类感，一个是极端的绝望感。此诗不事藻饰，寄慨遥深，诗品中之超于象外者也。诗云：

一

喜爱童真偏失真，
荣华孤独两沉沦。
军衔绕颈风头足，
落魄糊涂一缕尘。

二

飘萍随意弃身家，
性向善良混迹沙。
若问人生几多值？
秤锤无定秤杆斜。

第一首诗，诗好句奇，构思妙绝。首句点明主人公性格特征，次句交代人生命运，转舵明言风光显露，结句道出悲凉结局。首二句“喜爱童真偏失真，荣华孤独两沉沦”乃全诗的总纲，让我们顺着鲁迅小说《孤独者》主题思路进入诗人的意境之中。“喜爱童真偏失真”句，奇逸超俗，妙传主意。诗人通过“爱”“失”两字，把魏连殳“爱童真”又“偏失真”这个最具人物感情色彩的两极性格特征呈现出来。“童”字道尽“奇趣”。先论“爱童真”，魏连殳未成家，但“房主的孩子们在他屋里，总是互相争吵，打翻碗碟，硬讨点心，乱得人头昏。但连殳一见他们，却再不像平时那样冷冷的了，看得比自己的性命还宝贵”。一个孩子发红斑痧，“他竟急得脸上的黑气愈见其黑了”。孩子们的祖母取笑他，他却说“孩子总是好的。他们全是天真……”这两件事，反衬出他的天真。

“偏失真”与“爱童真”形成强烈反差。这也是村里人对魏连殳为祖母奔丧“送殓”时做出的反应。村里人担心这个“吃洋教”的“新党”，不按传统规矩办丧事，向他提出“必须穿孝服，必须跪拜，必须请和尚道士”三件要求，没想到他毫不犹豫地爽快答应了。他在装殓祖母的时候，非常地耐心，这又出人意料。更为奇怪的是许多女人又哭又拜，他作为孝子却一声没响，引起大家的“惊异和不满”。然而，等到大家哭完了，要走散了，“忽然，魏连殳流下泪来了，接着就失声，立刻又变成长嚎，像一匹受伤的狼”。这情景使我想到魏连殳的行为与“竹林七贤”中阮籍同出一辙。《晋书·阮籍传》：“性至孝,母终，正与人围棋，对者求止，籍留与决赌。既而饮酒二斗，举声一号，吐血数升。”鲁迅曾经说过，嵇康、阮籍表面看上去是反礼教的，其实他们是最守礼的。同样，魏连殳是讲礼教的，是真孝，但他鄙视礼俗。魏连殳的举动既体现了魏晋文人的精神，更体现了鲁迅先生的精神本质。诗人作为一位饱读经史的学者，对于魏连殳的“失真”和鲁迅先生一样，实乃反问现实。不愿被礼教所拘束的还有曹雪芹，其著作《红楼梦》中的贾宝玉身上有阮籍的影子。曹雪芹字“梦阮”，周汝昌先生释道：“梦阮”别号背后，可能暗示着曹雪芹对阮籍的梦想是并非泛泛的。

“荣华孤独两沉沦”句，“荣华”与“孤独”揭示了魏连殳人生相背的两极。“荣华”词义为开花，也引申为人之显贵，如富贵荣华，如《楚辞·离骚》之“及荣华之未落兮，相下女之可诒”；魏曹植《杂诗》之“南国有佳人，荣华若桃李”。总之，“荣华”一词在魏连殳身上，如同李白《古风》句“荣华东流水，万事皆波澜”诗意。清代以注释李白、李贺诗文而著名的学者王琦注李白此诗意道："言年华日去，如水之东流。"我解诗中"荣华"，既指他荣华岁月时曾经立志并投身民族革命的暂短经历，又指其落魄后投靠军阀发迹所谓的荣华富贵。"孤独"指魏连殳在辛亥革命失败后陷入"彷徨"的心境，是沦落为社会"孤独者"的负面形象。"荣华"与"孤独"构成了魏连殳全部人生内容，或曰其人生始终纠缠交织于"荣华"与"孤独"两难境地。故诗人谓其"两沉沦"是也。

末二句"军衔绕颈风头足，落魄糊涂一缕尘"，道出了魏连殳的情操变节和难堪下场。"军衔绕颈"指魏连殳做军阀杜师长的顾问。"风头足"是"魏大人自从交运之后，脸也抬高起来，气昂昂的"；S城《学理七日报》上常有魏连殳的诗文；新的宾客，新的馈赠，新的颂扬……魏连殳自言："人生的变化多么迅速呵！""我已经躬行我先前所憎恶，所反对，所崇仰"，"我已经真的失败，然而我胜利了。"呜呼哀哉！一个可悲的信念摇摆者。"落魄糊涂一缕尘"中"落魄"指潦倒失意；"糊涂"指人头脑不清楚或不明事理；"一缕尘"指魏连殳心中信仰丧失，糊涂度日，最终枉死化为一缕青烟。故他的是与非也伴随着生命的终结像灰尘一样飞散，像烟雾一样消失。如魏连殳堂兄弟所言："舍弟"正在年富力强，前程无限时，竟遽尔"作古"了。入棺时，他军衣上戴着金闪闪的肩章，“不妥帖地躺着”，腰边放“一柄纸糊的指挥刀”。这对主人公不啻是一个极大的讽刺。

第二首诗，首句点明主人公落魄情绪，次句交代混迹江湖，转舵反问人生价值，结句拷问人性人心。首二句“飘萍随意弃身家，性向善良混迹沙”，以“弃”字“混”字连合之，揭示魏连殳由“落魄”到“发迹”的嬗变。另外从字的声音来看，“弃”“混”的发音都比较悲凉、低沉，也给人一种空虚的感觉。这正体现了诗人遣词造句、营造悲怆诗境的妙处。“飘萍”泛指飘流的浮萍，此处比喻魏连殳飘泊无定的身世或行踪；“随意”本为随心所欲，此处实为听天由命，听任事态自然发展变化；“身家”通常指家财、家产，对于魏连殳这个读书、爱书的人来讲，书籍是最大的家产，尤其是那本贵重的善本汲古初印本《史记索隐》。然而，诗人用一个“弃”字，道出了魏连殳的不幸和悲哀。这都缘于他在报纸上尽情地写文章批判封建礼教和封建制度，招来仇视与暗算，被校长解职失业，忍痛割爱“弃身家”，不得不将书变卖。东晋郭璞《江赋》有“或泛潋于潮波，或混沦乎泥沙”句，魏连殳是混沦乎泥沙的。“性向善良混迹沙”中的一个“混”字，揭示了原本“性向善良”的他，心中丧失理想信念，随波逐流，混迹江湖，囿于泥沙之间，与军阀为伍的事实。

此诗末二句：“若问人生几多值？秤锤无定秤杆斜。”初读一过，看似离题，跟主人公命运似无干系，但细心读来，却字字关情，无一空闲，寓意高远，而且是诗的中心思想，诗人是向世人发出感叹，主旨是在称量人性、人心。读鲁迅的小说有时是一场心灵的搏斗，有点像读陀思妥耶夫斯基一样，是一种心灵的拷问。而读沈鹏先生的诗，读者像要拷问作者，又好像要拷问自己。诗人通过此句诠释了鲁迅《孤独者》创作的初衷：人活着绝不能像魏连殳那样遇到挫折和困难就失去人生准则，妥协消沉，这样革命永远也不会成功。汉徐幹《中论·法象》有此告诫：“故君子敬孤独而慎幽微。”大意是君子应该以家国情怀为终极目标，独守原则；并从细微处谨慎做起。此暗合《华严经》“不忘初心，方得始终”之旨。“秤锤无定秤杆斜”，诗人是承先贤之意，用秤杆借喻，其内涵绝不是去衡量物重，而是在度量人性、人心。沈鹏先生是一位理性与感性兼长并美的诗人，将“问人生”与“无定秤”连接起来，在意象上超越现实，更有深一层的托喻之意了。“定”字是诗眼，在阐述人一旦心中没了“定盘星”，人生轨迹必将斜歪。朱熹在其《水调歌头·雪月雨相映》词云：“记取渊冰语，莫错定盘星。”诗人通过“秤锤”与“秤杆”相互关系，将本虚无之境，仿佛实境，既感朦朦胧胧，又觉真真切切。用“定”字“斜”字，拟为虚境，既有鲜明的意象，又含诗意的想象。虚实穿插，比喻两出，亦自浑成，造成特殊的诗境意象，从而产生出丰富的艺术之美。

沈鹏先生致李建春信札

建春君：

近好！读鲁迅小说所写二十四首，在我是以诗的体裁抒发感想，引起读者兴趣，你一一给予品评，又分别以行书小篆写来，足见你的情思。令人振奋。

但我以为，最重要的是你我都深受鲁迅精神的教育、鼓舞。你来信要求我写序言，一时颇难下笔，于是写了一首七绝，我不想自已去评诗、书、文，我以为如果通过这件事表达一些我们的情意，便已满足。倘若再说得“自我感觉良好”一些，我们几乎以自己的方式再传鲁迅精神于万一。《序诗》中的第三句有“呐喊”二字，没用书名号，却可以使人引起诸多联想。

我在上海读小学六年级，有一回看见马路转角处有人卖书，只一本《呐喊》，那是鲁迅先生亲自设计的版本，左思右想，倾囊买下，略为读懂一点，便欣喜若狂。当然我今老矣，鲁迅当年含着眼泪鞭笞、同情的人，我读来也不禁老泪纵横。年光易逝，人生苦短，虽不尽同于陈子昂的“念天地之悠悠……”，古今中外，人作为天地间的特殊的物种，还是有共性的。拉杂写来，祝你将此书出好。即颂

文祺

沈鹏奉　七月三日

建青君：近好！戴读曾选小说形容二十四篇，在我是以诗的体裁抒发感想，引起读者兴趣，你一一给予品评，又能以行书小篆写来，只见你的情思。令人振奋。但我以为，寂寞要的是你我都深受鲁迅精神的教育、鼓舞。你来信要求我写序言，一时颇难下笔、权且写了一些大概，我不想自己去评诗、书、文，我以为如果通过这件书表达一些我们的情意，你已满足了。倘若再读得，自我感觉

民好，一些，我们笔要以自己的方
式再借鉴延续精神发第一。分行
诗以中的艺三风云，呐喊，字後
開書名辞，却又不停人引起诗
事从担，我走上海读小学以来
级，有一回看见了诗，教育我有

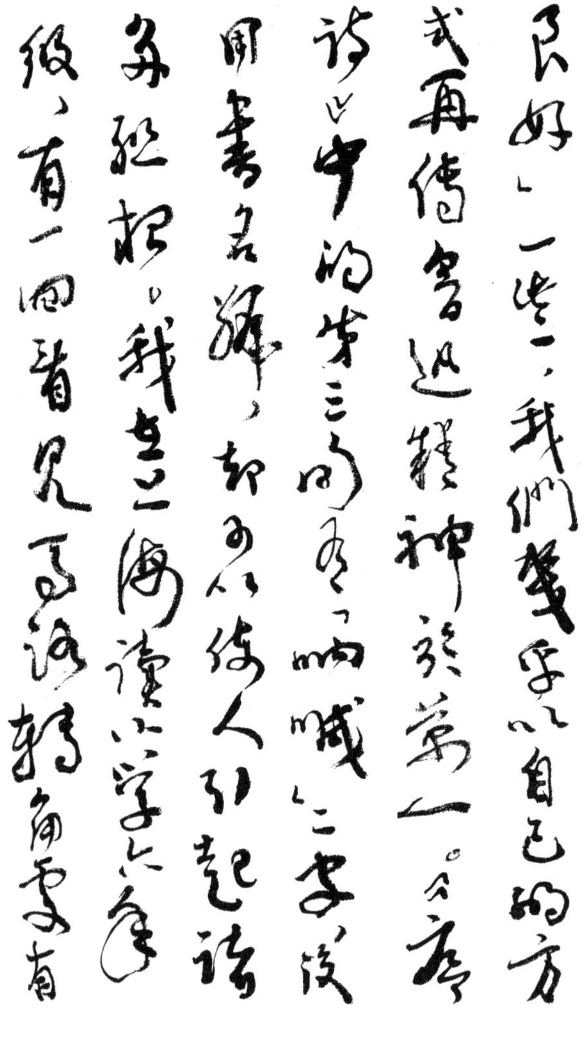

人贵[illegible]、[illegible]一本书人人识之，那是鲁迅先生亲自设计的[illegible]本，我在[illegible][illegible]、倾囊买下，[illegible]为读懂一点，像[illegible]喜若狂。当[illegible]我、老舍、鲁迅当年会[illegible]的[illegible]没[illegible][illegible]、同情的人，我读来也不禁老泪纵横。

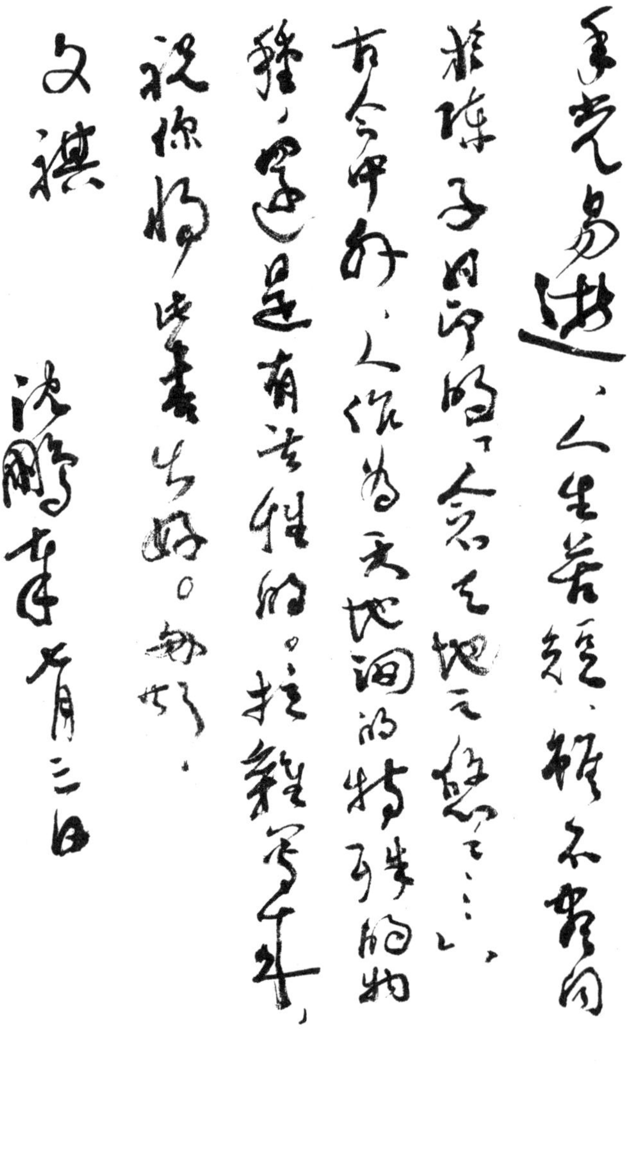

年光易逝，人生苦短，转不惑间，非陈子昂所谓「念天地之悠悠」，古今中外，人作为天地间的特殊的物种，还是有点价值的。拉杂写来，祝你将来事业做好。勉之。

文祺

沈鹏上 七月二日

诗人之心　学者之魂

——浅析《沈鹏致李建春信札》内涵与书法之美

李建春

最近，接到沈鹏先生写给我的信札，才知道沈鹏先生在创作读鲁迅小说诗二十四首时有那么多情感藏在里头。

沈鹏先生一生钟爱鲁迅先生著作和鲁迅精神。从小学六年级在上海读书时看见一本《呐喊》，左思右想，倾囊买下，略为读懂一点，便欣喜若狂，到如今八十八岁高龄，再读鲁迅小说时，当年鲁迅含泪鞭笞、同情的人，他读来也不禁老泪纵横，故而奋笔写下读鲁迅小说诗二十四首。我对《沈鹏读鲁迅小说诗二十四首》逐一品析，并先后发表于《光明日报》《北京晚报》《诗刊》《中华诗词》。

《毛诗·大序》："情动于中而形于言。"钟嵘《诗品·序》云："气之动物，物之感人，故摇荡性情，形诸舞咏。""若乃春风春鸟，秋月秋蝉，夏云暑雨，冬月祁寒，斯四候之感诸诗者也。嘉会寄诗以亲，离群托诗以怨。"陆机《文赋》："悲落叶于劲秋，喜柔条于芳春。”刘勰《文心雕龙·物色》：“物色之动，心亦摇焉。”这些都从不同侧面阐述诗歌的产生，是由于诗人的性情受到外界事物的感召而内心感情产生摇荡，用诗歌把它表现出来。辛弃疾《鹧鸪天》“一松一竹真朋友，山鸟山花好弟兄”对此作了最好的诠释。一位诗人对宇宙间不属于同类的草木鸟兽都能够关怀，对人类的忧患苦难难道能不关心吗？沈鹏先生读鲁迅先生小说诗二十四首，就是内心的感情被鲁迅先生笔下众多人物境遇激发的一种感动，故“摇荡性情”而“形诸舞咏”。

《论语·微子》中，孔子说：“鸟兽不可与同群，吾非斯人之徒与而谁与？”《孟子·尽心章句上》曰：“穷则独善其身，达则兼济天下。”孔子就是这样一位身体力行者，这是一种可贵的忧患意识和历史责任感。沈鹏先生创作读鲁迅小说诗二十四首之所以可贵，就是因为他知道新中国所走过的道路极为不易，故在《序诗》中写下“鲁迅精神启后人，千钧笔力铸刀痕。再传呐喊呼声劲，吾与贤君李建春”，从而启示后人从中汲取教训。他重读鲁迅小说并赋诗，是怀有一颗关怀万物、关怀民生、关怀民族的真诚心灵。沈鹏先生在信中借陈子昂《登幽州台歌》“念天地之悠悠……”，感喟古往今来，天地悠悠，年光易逝，人生匆匆，如白驹过隙，应在有限的生命里多为人类做一些有益的事情。这种感喟，既可以引出及时行乐的颓废思想，也可以引发加倍努力奋斗的志气。纵观历史长河，有多少仁人志士并不因人生短暂而消沉颓唐，反而在有限的生命里为人类进步做出无限的努力。陈子昂正因为抱着这种积极态度，所以他才“怆然涕下”。沈鹏先生也因为抱着这种积极态度，所以他才“老泪纵横”。“念天地之悠悠”后用省略号更加意味深长。那是沈鹏先生为鲁迅笔下的人物遭遇鸣不平时悲从中来的“怆然涕下”吗？抑或沈鹏先生信中所说的不禁“老泪纵横”的缘由？无论如何，我们能够隐约品出诗人传达的是一种对珍贵生命的怜悯和对当时人吃人黑暗社会的悲愤之情，这正是沈鹏先生奋笔写下读鲁迅小说二十四首组诗的动力和源泉。无论是中国的屈原、杜甫，还是国外的莎士比亚、托尔斯泰；无论是当年的鲁迅，还是当下的仁人志士，为了天底下百姓能够活出尊严，他们呼吁、呐喊，表现出乐天下之乐、悲天下之悲的深情与大义。正因为有了这种情怀，杜甫才有“朱门酒肉臭，路有冻死骨”（《自京赴奉先县咏怀五百字》），白居易才有“可怜身上衣正单，心忧炭贱愿天寒”（《卖炭翁》），陆游才有“位卑未敢忘忧国，事定犹须待阖棺”（《病起书怀》），沈鹏才有“奋起呼吁救孩子，神州呐喊废尊神”（读《狂人日记》）。

我在撰写沈鹏先生读鲁迅小说二十四首组诗品析文章过程中，认真研读了鲁迅先生小说，逐步领会了作者的思想感情和小说中的人物命运。同时又十多次用行书和篆书两种书体抄录沈鹏先生二十四首组诗，目的是深入体验和理解诗中的内涵和意义，心灵受到了一次又一次的感动和洗礼。因此，当我读到信札中"念天地之悠悠……"时，便会想到沈鹏先生《序诗》中"再传呐喊呼声劲，吾与贤君李建春"，心中不由多了一份责任感和使命感。

中国诗歌一个最大的特色是重视"兴"的作用。"兴"，即在人的内心有一种兴起，有一种感动，"见物起兴"。《诗经》上说："关关雎鸠，在河之洲。窈窕淑女，君子好逑"（《周南·关雎》），"桃之夭夭，灼灼其华，之子于归，宜其室家"（《周南·桃夭》），均是"兴"的作用。"兴"的作用，不但作者施之，读者亦感之。我读沈鹏先生的诗也能产生与先生同样的感动，因为我有了与沈鹏先生同样的诗心。他愤怒，我也愤怒；他怜悯，我也怜悯；他憎恨，我也憎恨；他感叹，我也感叹。在《论语》中孔子曾说"诗可以兴"，就是说诗能给人一种兴发和感动。沈鹏先生读鲁迅小说诗二十四首，除他自己有一种兴发和感怀外，也能给读者带来不尽的兴发和感动。

沈鹏先生是以穿透历史的眼光，介入历史而思考现实，重读鲁迅小说时不禁老泪纵横写下读鲁迅小说诗二十四首的。分析其内在因素，是一次植根于诗人仁爱、怜悯、沉痛和悲怆复杂心绪感应的生命体验。二十四首诗承载的思想境界与天下兴亡密切相关。信中说："我们几乎以自己的方式再传鲁迅精神于万一。《序诗》中的第三句有'呐喊'二字，没用书名号，却可以使人引起诸多联想。"我理解，没用书名号，范围更为广大，更为广泛，因为天下仁人志士所表达的家国情怀的方式和途径可以是多种多样的，而我们只是其中一种。

"联想"两字使我联想到诗的载道与言志这个历来争论不休的话题。时下对古体诗也有"载道即不便于言志，言志就会削弱载道"的论调。具体说，重艺术，政治就会隔靴搔痒；讲政治，艺术即会牵强附合。沈鹏先生读鲁迅小说二十四首诗则超越了这个樊篱，他的实践证明，对优秀诗人来说，载道中蕴藏着抒情言志，言志抒怀中包含着载道，相辅相成，并不冲突。沈鹏先生读鲁迅小说二十四首诗的实践也表明，载道是一种政治情怀，这种政治情怀就是天下意识。当诗人真正拥有这种政治情怀时，言志便自然流淌于字里行间。只不过载道更侧重天下意识，而言志更多倾向个人抱负。

两者虽相互包容，难于严格厘清，但载道的难度高于言志的难度，要求作者的境界更高，站位更高，关心的主题更深远，因为处理一个民族的文化心理、精神构建远比处理一己兴怀要复杂艰难得多，这需要诗人有超前的智慧和胸怀天下的意识。如杜甫忧国忧民的“三吏”“三别”即是如此。《孟子》“天下之本在国，国之本在家，家之本在身”。于谦《立春日感怀》“一寸丹心图报国，两行清泪为思亲”。于沈鹏先生而言，家国情怀就是他的个人情怀，个人感触就是他的天下感触。这种宽博的诗人之心、学者之魂，将载道与言志有机融为一体。

沈鹏先生是一位理想主义者，他将个人的理想目标、兴趣爱好与家国情怀相联系，这种崇高精神和诗人意象在少年时期即有萌芽。他十五岁时发起创办文学刊物《曙光》并任主编，是诗性启蒙。十七岁入大学攻读文学，投身爱国学生运动，后转学新闻（新华社训练班），撰写文章，是抒情功能和诗人品质。十九岁起至今，长年从事美术出版工作，甘为人梯，为传承、传播中国传统文化殚思竭虑，是诗趣使然。担任中国书协代主席、主席期间，提出“中国书法可持续发展”的理念，在引领书法艺术为社会服务，提高全民艺术鉴赏，用书法作品以促进祖国和平统一以及对外交往方面，有诗人担当。担任全国政协委员，关注民生，向大会提交反映民生议案，是诗人情怀。担任中华诗词学会名誉会长，主动捐资，扶持、鼓励诗书画全面发展人才，最终中华诗词学会用这笔资金设立“沈鹏诗书画奖”，其行为是诗家站位。担任中国国家画院书法篆刻院院长，开设讲堂，制定并贯彻“十六字方针”（宏扬原创，尊重个性，书内书外，艺道并进），培养书法高研人才，是诗人抱负。如果让我用一句话概括沈鹏先生的人生，那就是“诗意人生”。他热心公益事业，捐献家乡四进院全部房产，设立三处基金会，提携后学，并长期大量捐款，向五处艺术馆所捐赠个人优秀作品、名人字画、文物等，具备诗人的大爱，是一位有着强烈社会责任感和历史使命感的文化大儒。

读沈鹏先生写给我的信札，联系到他创作的读鲁迅小说诗二十四首，信札中除蕴藏着一种可贵的忧患意识和历史责任感外，还是对读鲁迅小说诗二十四首创作思想感情的延续。信札书法本身也是美不胜收，通篇用笔之间情如潮涌，纵横豪放，笔力遒劲，气势磅礴，一气呵成。信札是作为诗人和书法家双重身份的沈鹏先生在兴发和感怀的情绪下写就的，故字随作者的情绪起伏而变化，纯属精神和功力的自然流露。行笔线条古拙，圆转涩行，笔力千钧，这正是沈鹏先生将篆隶线质融入行草书中的有益实践，使我对古人“如锥画沙，画乃沉着”有了新的领悟。沈鹏先生近年来多临习经典篆籀作品，因此其笔力更具古朴淳厚之气。我在介居看到书柜与墙壁上挂着沈鹏先生临习的《阳泉使者舍熏炉铭》隶书和《妇好》金文大篆等作品时，再对照信札，从中看出沈鹏先生正是以古朴浑厚的笔致和凝练遒劲的金石之气入草的。

细品整个手稿，字距、行距，时疏时密，完全是随心所欲。每一行的中轴线或左或右或倾斜，章法的安排完全取决于情感的抒发过程。前五行情绪尚属平稳，线条凝重缓慢，章法和谐自然。从“在我以为”开始，一直到“老泪纵横”结束是其心路历程的外化，用笔豪放，行笔轨迹左右移挪不定，字距、行距变化较大，形成跳跃性变化，是作者兴发和感怀的高潮。从“年光易逝”开始，似乎放慢书写速度，作者一边思考，一边回忆，一边斟酌，一边书写，干湿浓淡，任其自然。“文祺”重新蘸墨，到“沈鹏奉七月三日”结束全文，戛然收笔，自然而然。信札中第一、九、二十、二十三行涂改处浓厚茂密的对比，无意间调节了浓密沉闷的空间，造成了“疏可走马，密不透风”的审美意境。由于沈鹏先生在写这封信札时，饱含激情，思如泉涌，手不能追，非快速行笔不足以表达其畅怀之情，有些字虽笔中无墨仍然继续书写，如“万一”“亲自”“出好”“即颂”等，然而这些干枯的笔墨线条，形成一种自然天成、万岁枯藤的致远老境。整篇浓、淡、枯、润、虚、实的变化，增强了作品的艺术感召力。全文四百一十一字，作者大约有八九次蘸墨，整体看来行笔凝重峻涩而神采飞动，笔势圆润雄奇又姿态横生，纯以神写，得自然之妙。也可以看出，作者在书写时没有提前考虑形式构成的表面效果，但自然形成的笔墨关系彰显出丰富的情感起伏和用笔变化，反倒成就一篇自然美的结构，强烈地震动观赏者的心灵。这使我不由联想到王羲之的《兰亭序》和颜真卿的《祭侄文稿》两篇经典之作的意境之美。可以说，沈鹏先生用诗书实践对苏轼“无意于佳乃佳”的论断做出了最完美的诠释。有感于沈鹏先生的才智、境界和风骨，即吟《读〈沈鹏致李建春信札〉有感》：

静读先生信，羞思我辈惓。
诗为松上鹤，人似竹中仙。
老泪纵横作，新诗天地传。
胸中忧国运，笔底寄民权。

李建春书沈鹏读鲁迅小说诗二十四首

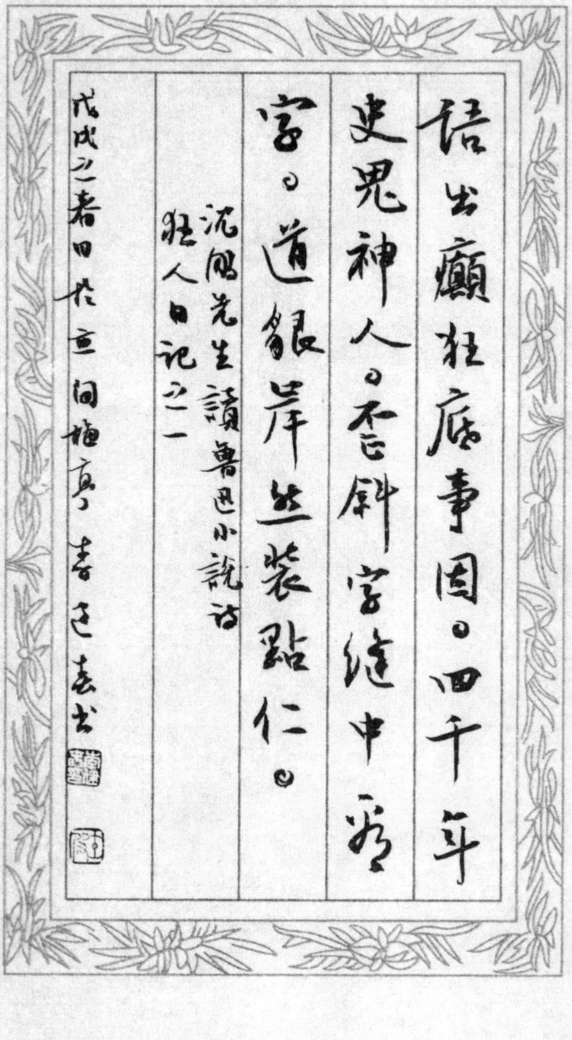
語出癲狂底事因。四千年
史鬼神人。杳斜字縫中窺
字。道貌岸然裝點仁。
沈鵬先生讀魯迅小說詩
狂人日記之一
李建春書

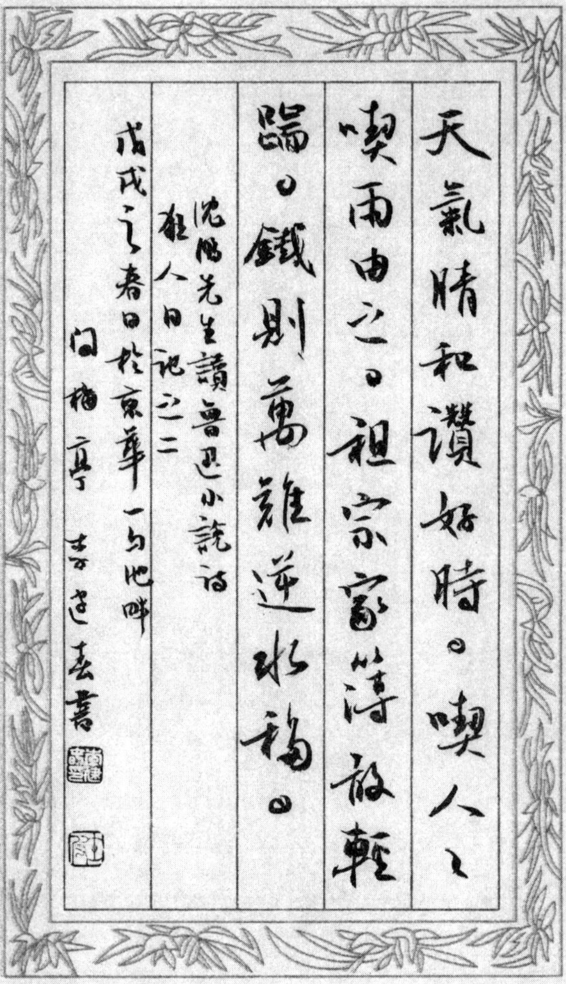
天氣晴和讚好時。喫人人喫兩由之。
沈鵬先生讀魯迅小說詩
狂人日記之二
戊戌之春日於京華一勺池畔

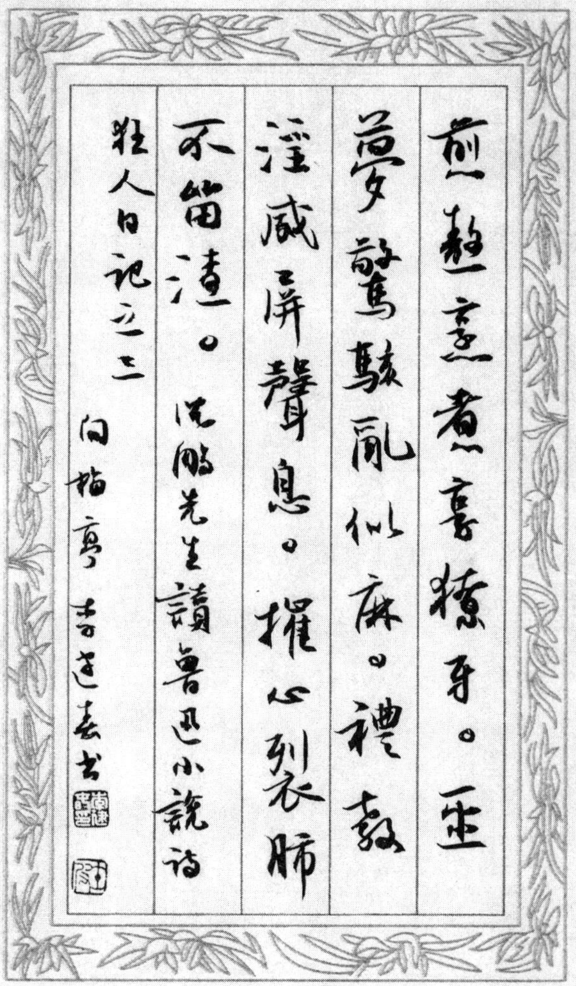
夢驚駭亂似麻。禮教
淫威屏聲息。摧心裂肺
不留遺。沈鹏先生讀魯迅小說詩
狂人日記之二
白梅亭 李建春書

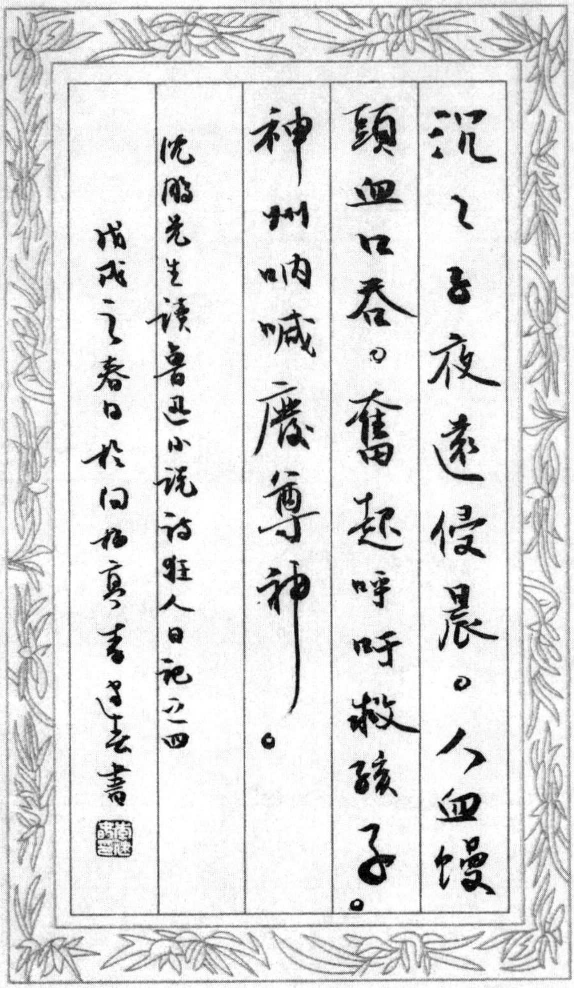
沉沉百夜遠侵晨。人血饅頭血口吞。奮起呼吁救孩子。神州吶喊慶尊神。
沈鹏先生讀魯迅小說詩狂人日記之四

祖传一龙衮旧长衫。重壁
度句滂沱班。楷纸峰上导
名姓。岂奈功名非等闲。

沈鹏先生读鲁迅小说诗九七己之二
戊戌之春日于京华一白川叶

李建春书

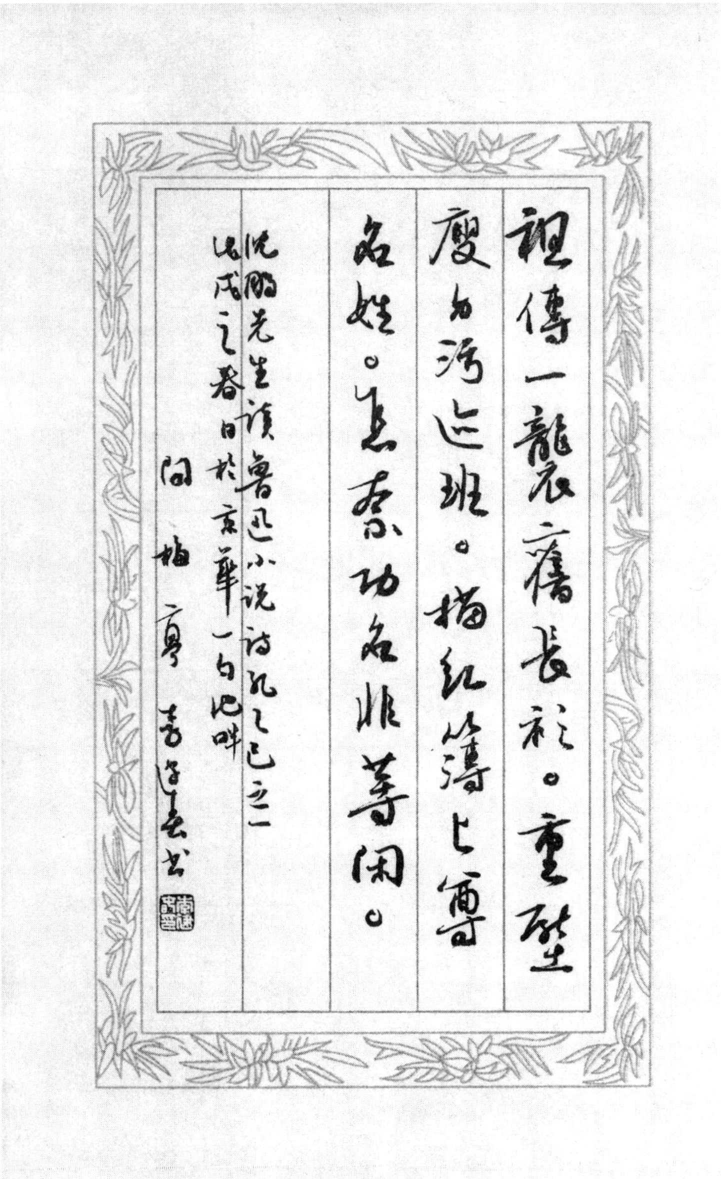

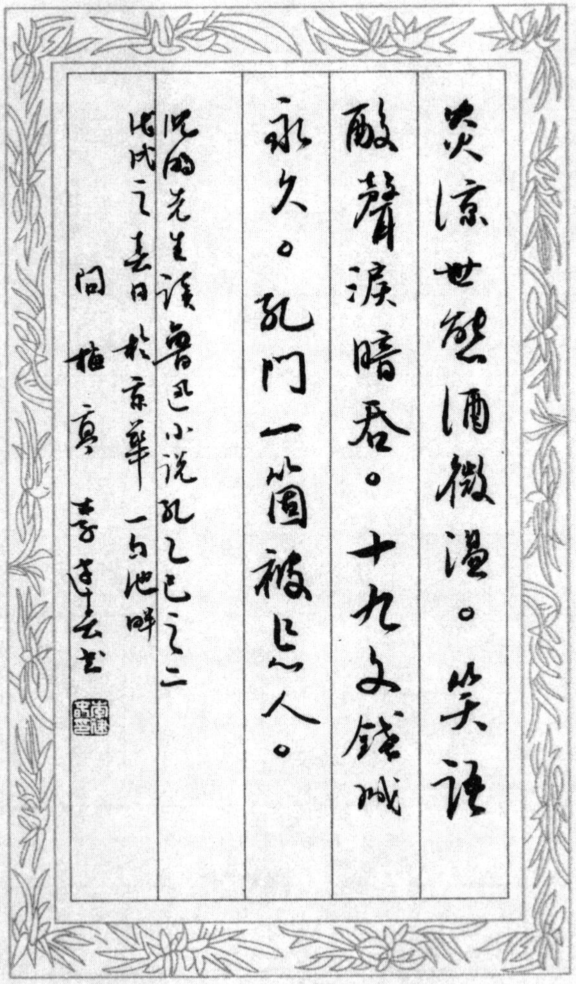
炎涼世態酒微溫。笑語
酸聲淚暗吞。十九文錢
永久。孔門一個被忘人。
先生讀魯迅小說孔乙己之二
春日於京華 一勺池畔

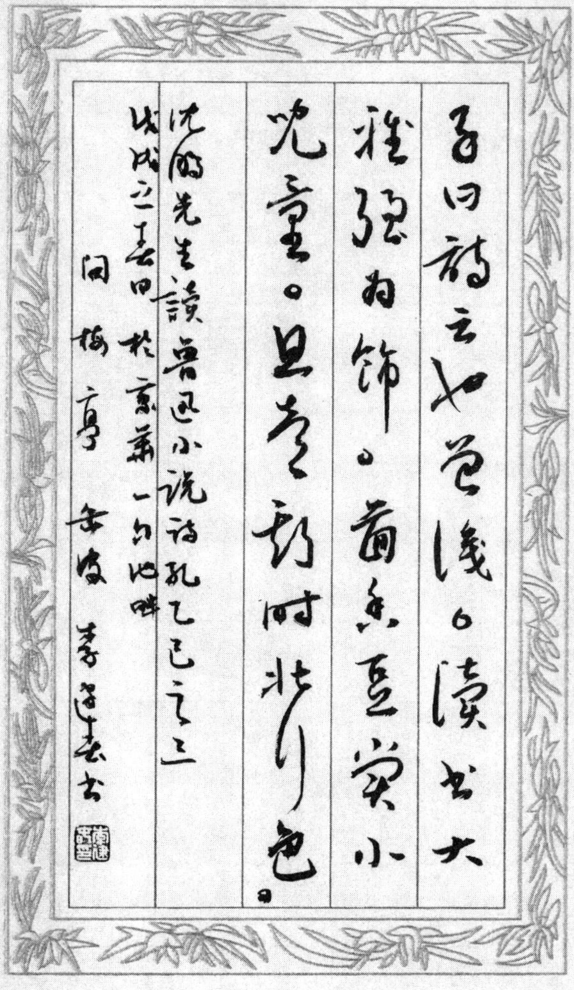
沈鵬先生讀魯迅小說詩孔乙己之三
李建春書

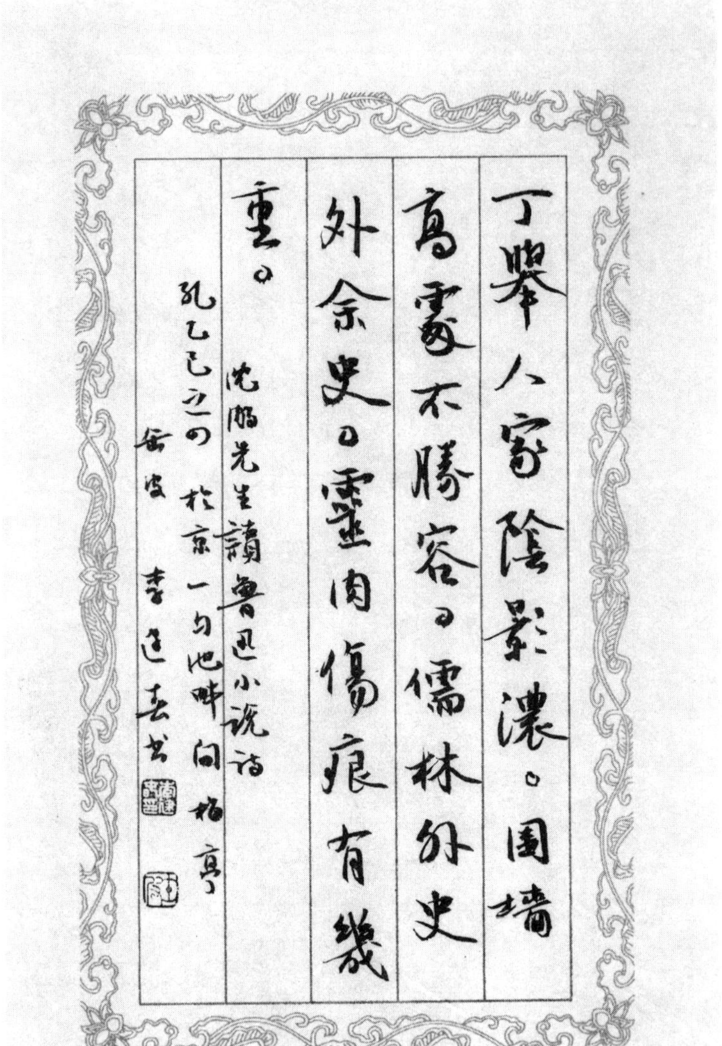
丁舉人家陰影濃。圍墻
高處不勝容。儒林外史
外余史。靈肉傷痕有幾
重。
沈鵬先生讀魯迅小說詩
孔乙己之一 於京一勺池畔白梅亭
李鐸書

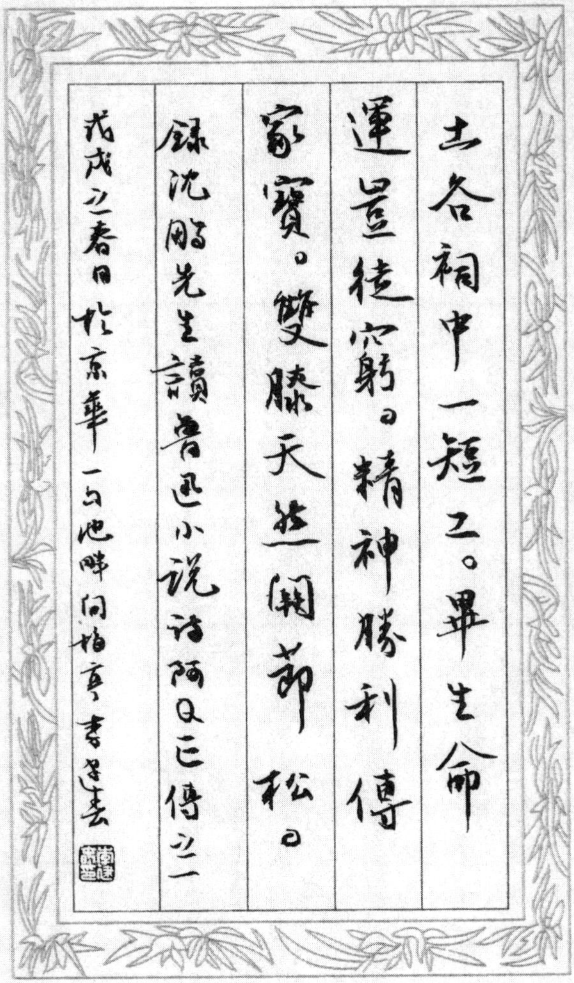
土谷祠中一短工。畢生命
運置徒窮。精神勝利傳
家寶。雙膝天然關節松。
錄沈鵬先生讀魯迅小說詩阿Q正傳之一
戊戌之春日於京華一勺池畔向楫亭書建春

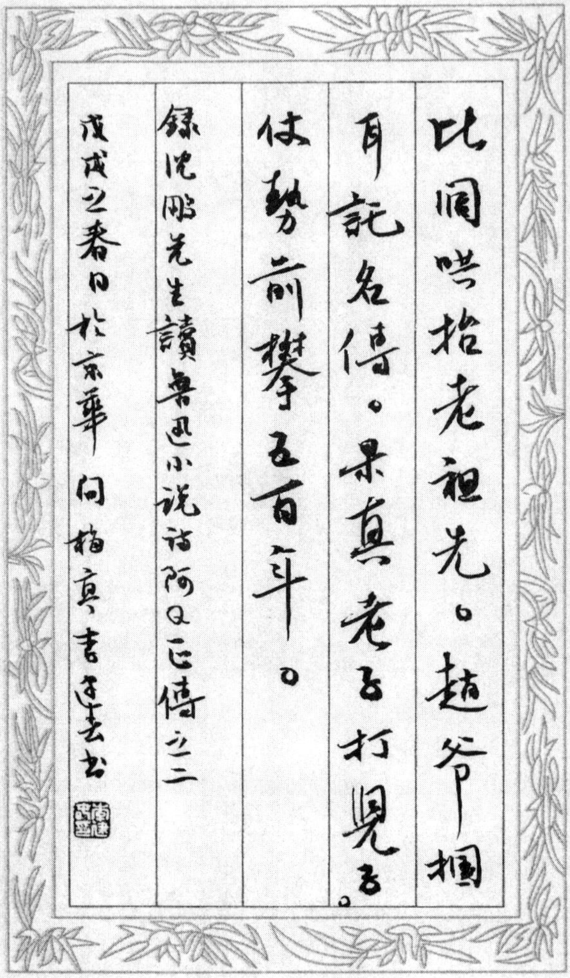
比間哄搶老祖先。趙爺摑
耳託名傳。果真老子打兒子。
仗勢前攀五百年。
錄沈鵬先生讀魯迅小說詩阿Q正傳之二
戊戌之春日於京華 何楠真書

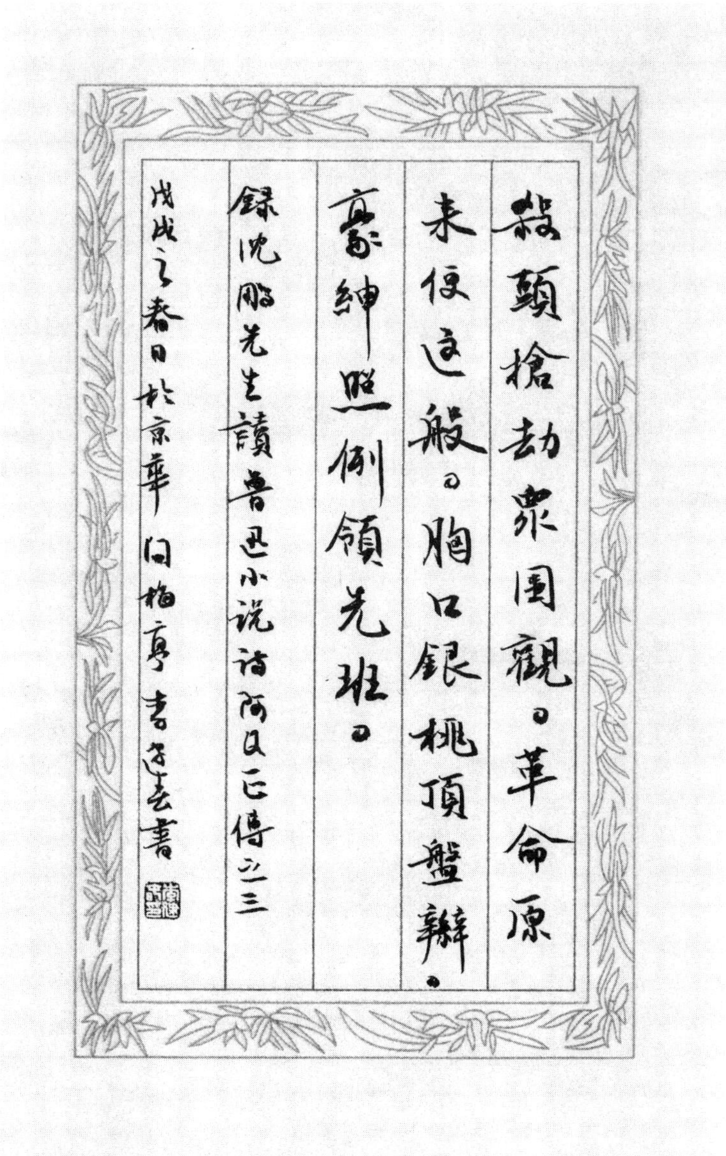
殺頭槍劫衆圍觀。革命原
來便這般。胸口銀桃頂盤辮。
豪紳照例領先班。
錄沈鵬先生讀魯迅小說詩阿Q正傳之三
戊戌之春日於京華問梅亭李建春書

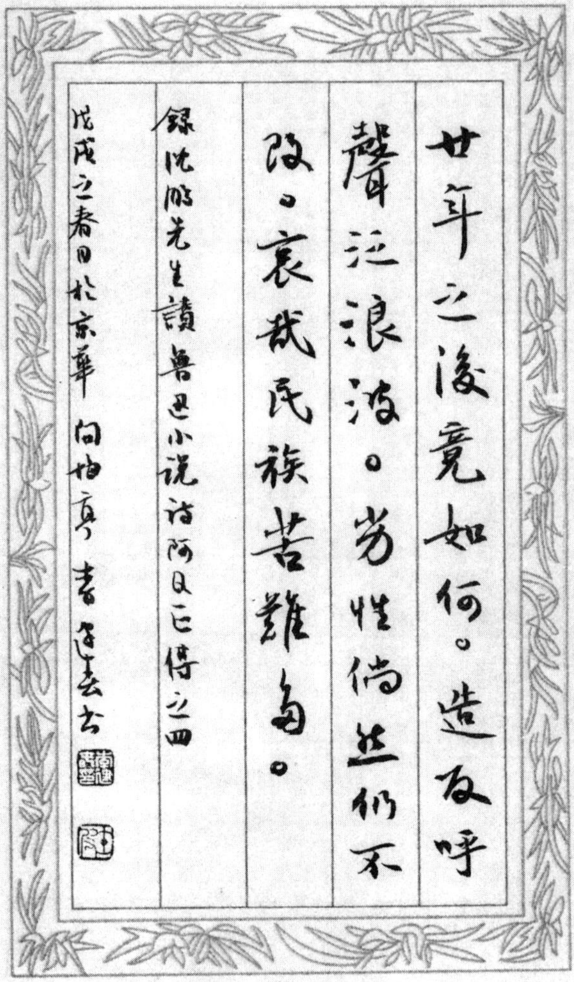
廿年之後竟如何。造反呼
聲泛浪波。劣性倘然仍不
改。哀哉民族苦難多。
錄沈鵬先生讀魯迅小説詩阿Q正傳之四
戊戌之春日於京華 向柏亭 書

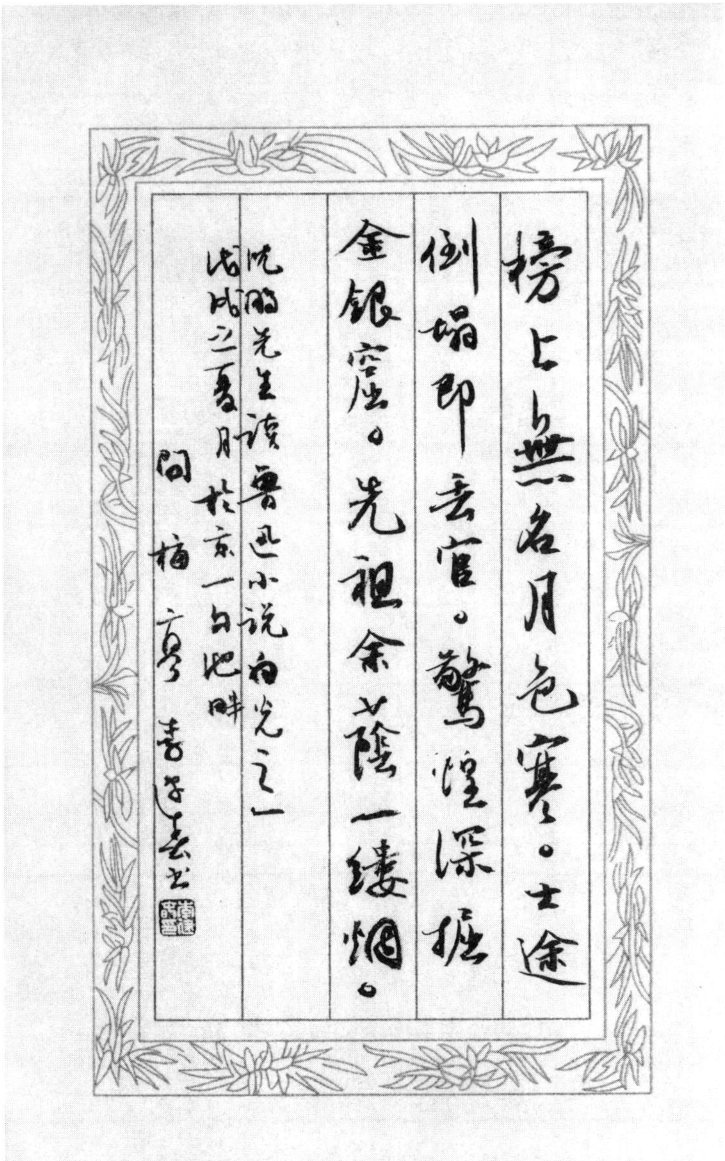
榜上無名月色寒。士途
倒塌即丟官。驚惶深掘
金銀窖。先祖余蔭一縷烟。
沈鹏先生讀魯迅小説白光之一
戊戌之夏月於京一勺池畔
問梅亭 李建春书

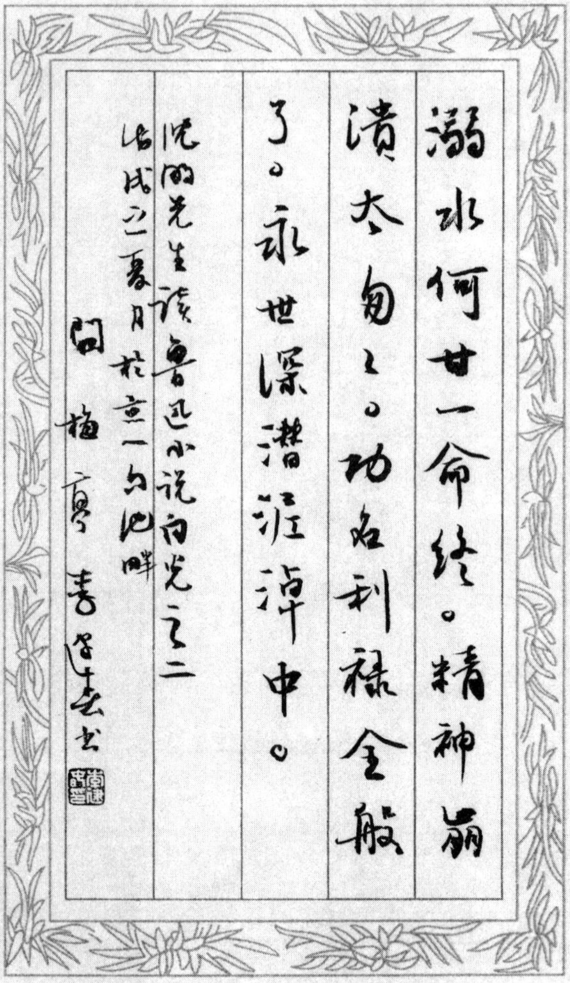
溺水何甘一命终。精神崩溃太匆匆。功名利禄全般了。永世深潜沉淖中。
况阅先生读鲁迅小说白光之二
岁戊戌夏月於燕一勺池畔

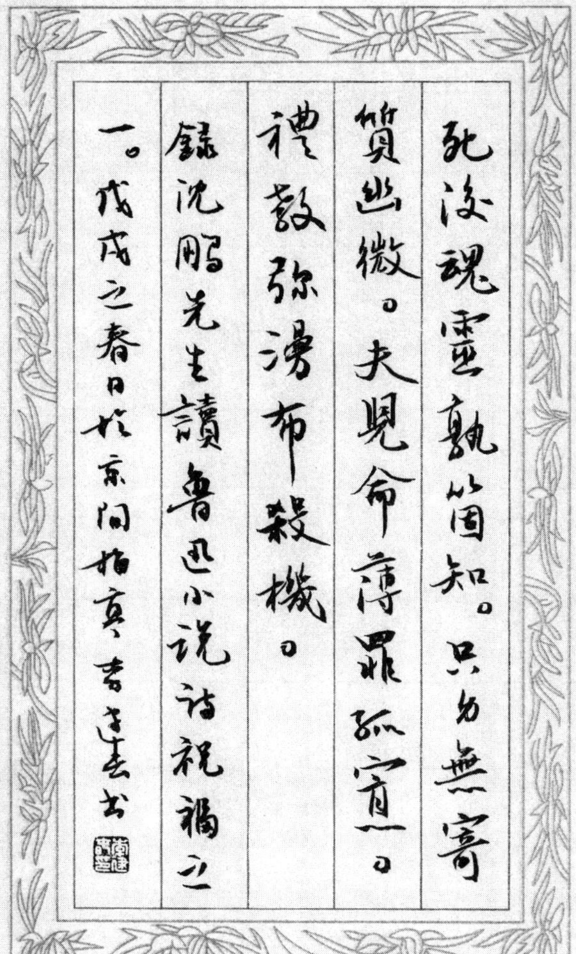
死後魂靈孰箇知。只应無寄
質幽微。夫覓命薄罪孤宜。
禮教弥湯布殺機。
錄沈鵬先生讀魯迅小說詩祝福之
一。戊戌之春日於京同指真 李建春书

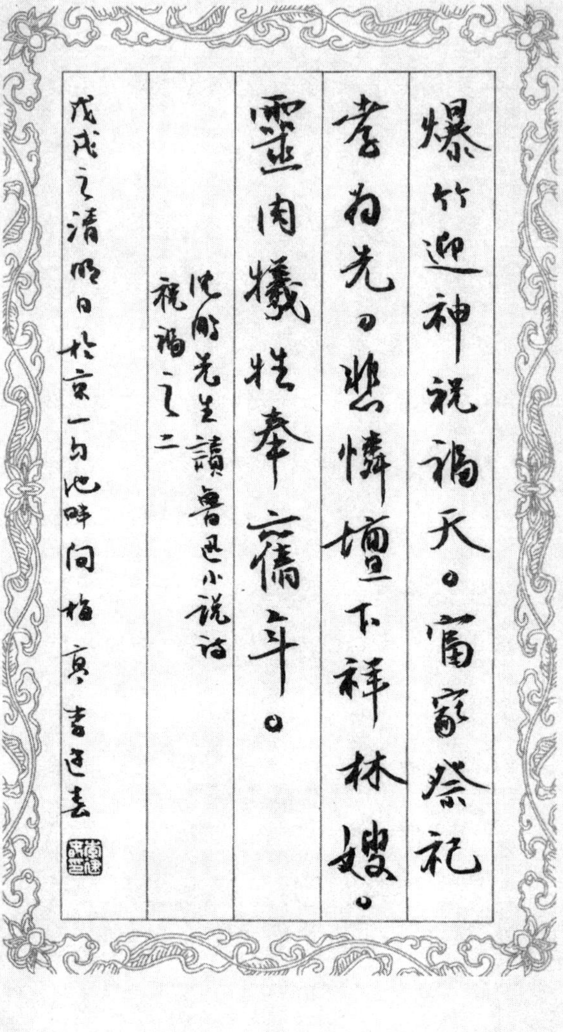
爆竹迎神祝福天。富家祭祀
孝为先。悲憐壇下祥林嫂。
靈肉犧牲奉六年。
沈鹏先生讀魯迅小說詩
祝福之二
戊戌之清明日於京一勺池畔向梅亭書

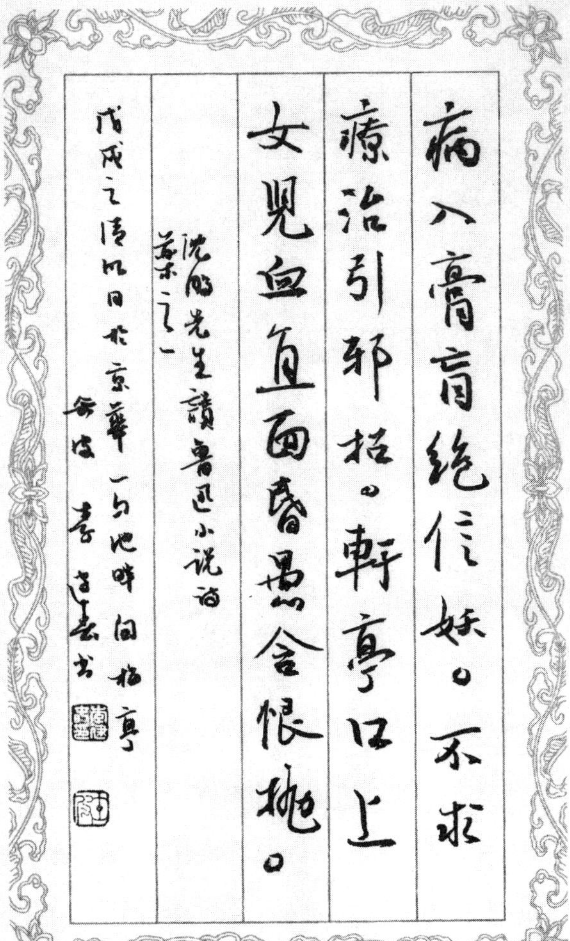
病入膏肓绝作妖。不求
療治引邪招。軒亭口上
女兒血，直面昏愚含恨拋。
沈鵬先生讀魯迅小說詩
藥之一
戊戌之清明日於京華一勺池畔聞梅亭
餘姚 李建春書

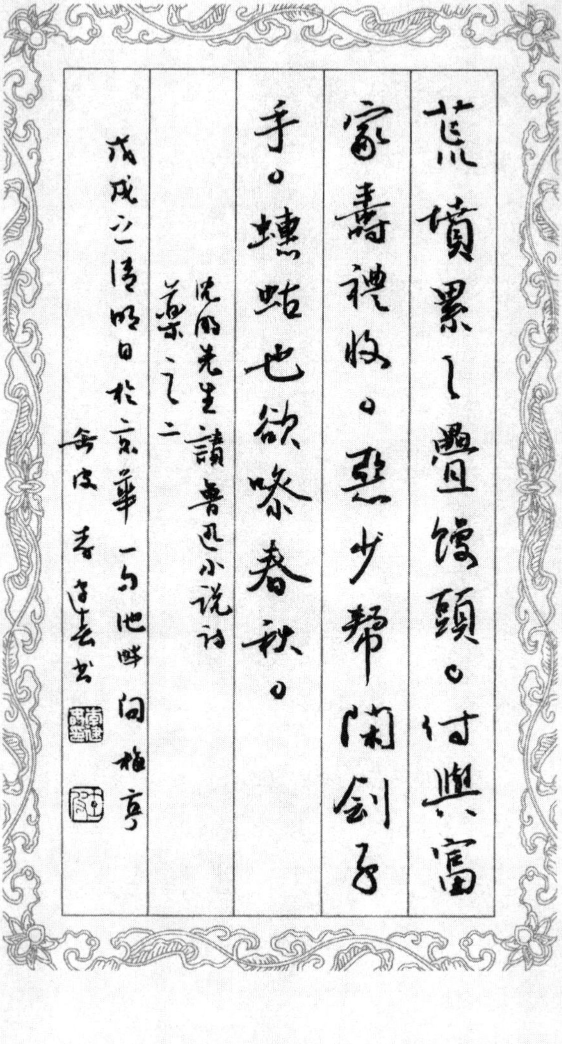
荒墳累累疊髑髏。付與富
家壽禮收。惡步幫閑劊子
手。螻蛄也欲啄春秋。
先生讀魯迅小說詩
藥之二
戊戌之清明日於京華一勺池畔向植亭

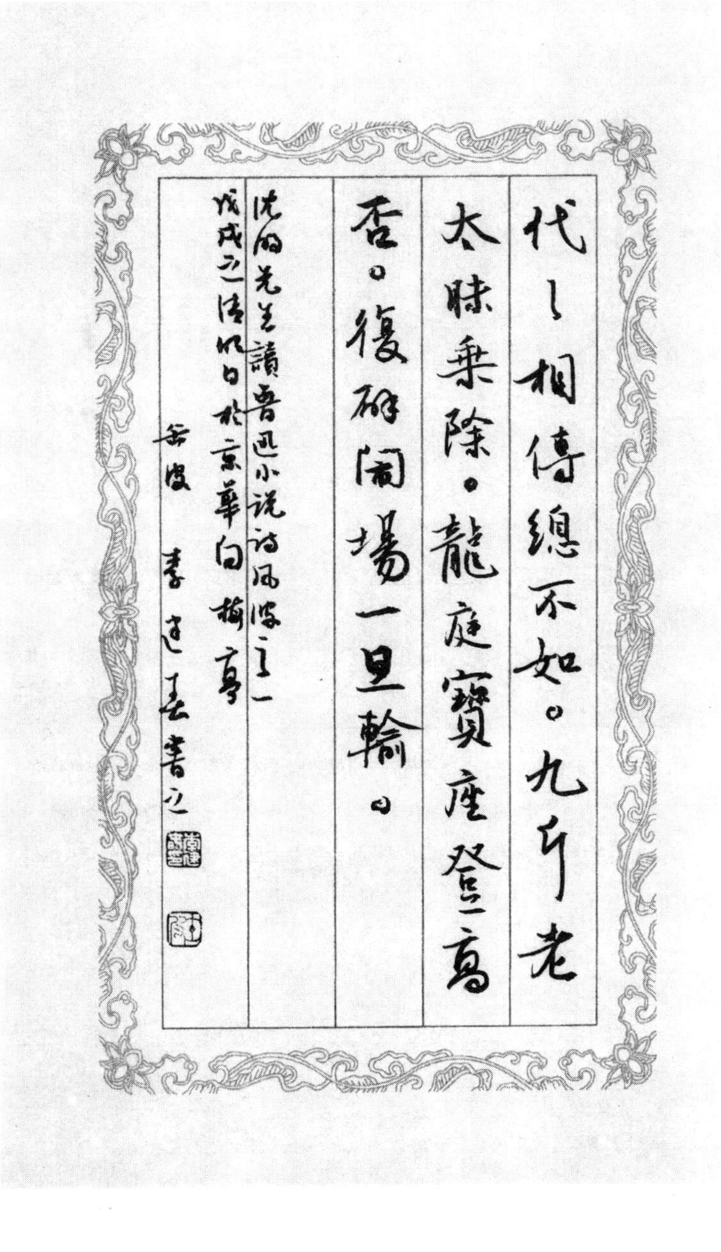
代々相傳總不如。九斤老
太昧棄除。龍庭寶座登高
香。復辟鬧場一旦輸。
沈鹏先生讀魯迅小說詩風波之一
戊戌之清明日於京華白梅亭
安徽 李建春書之

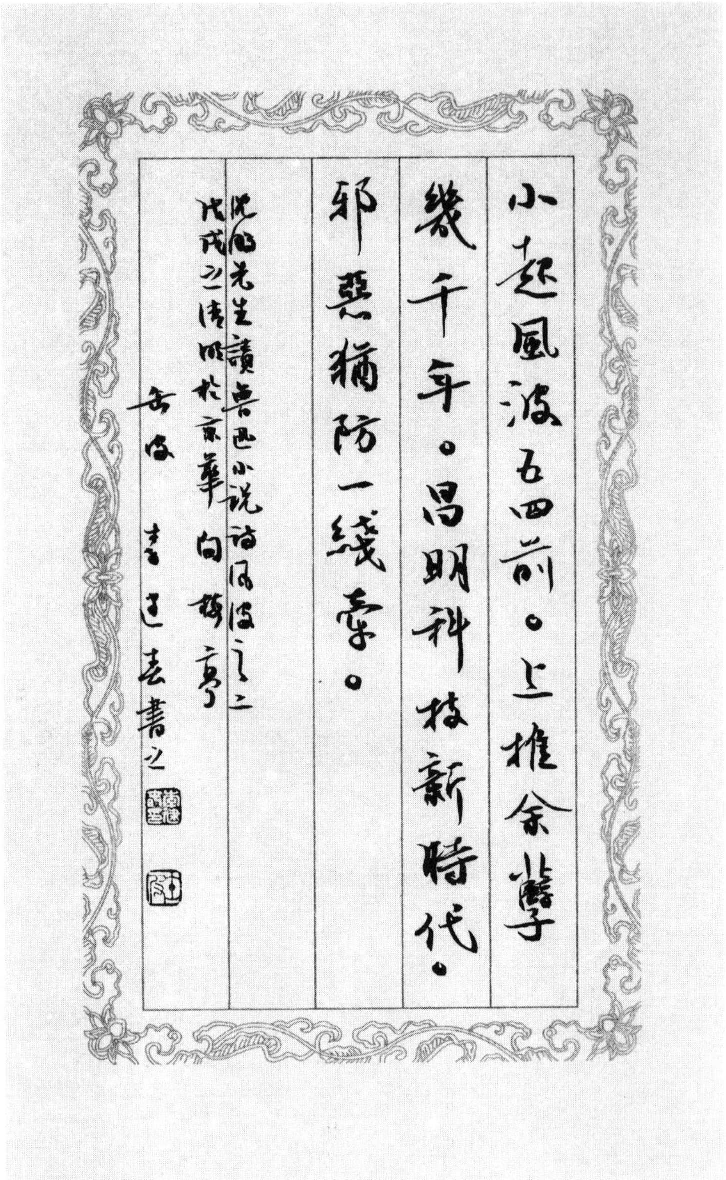
小趣風波五四前。上推余孽幾千年。
昌明科技新時代。
邪惡猶防一線牽。
書之

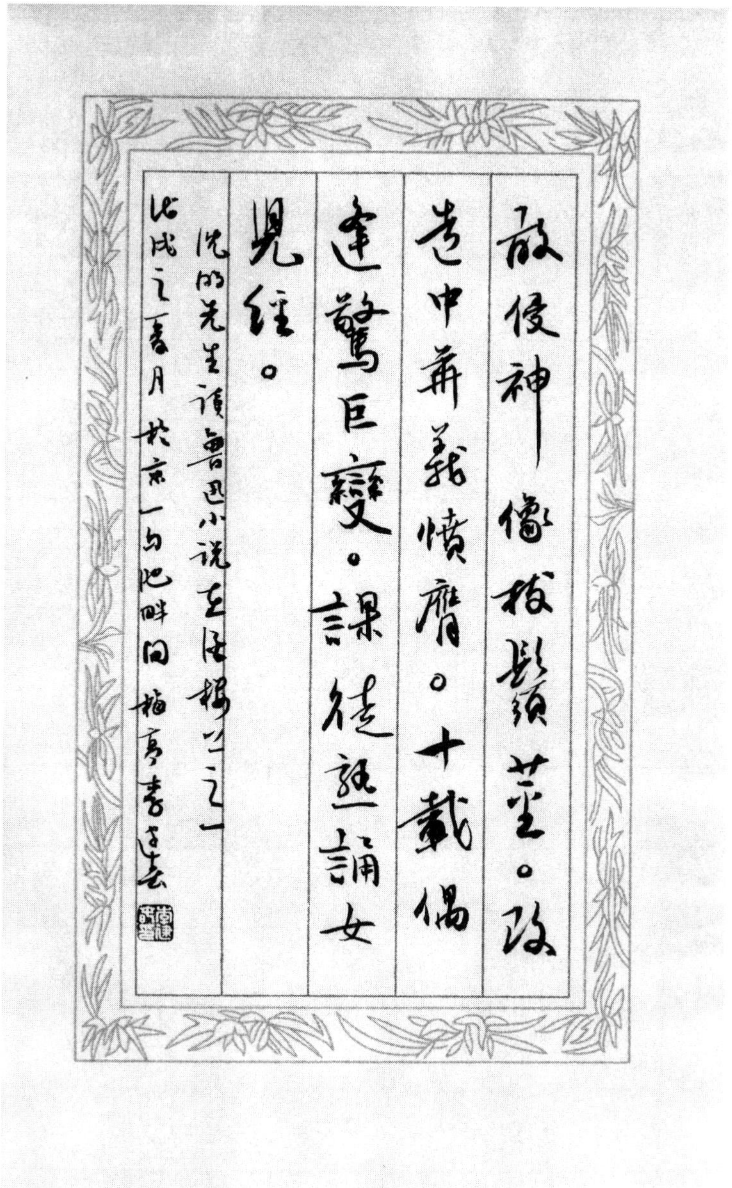

敌侵神偻松髭茎。路

巷中奔義憤膺。十載偶逢驚巨變。謀徒競誦女兒經。

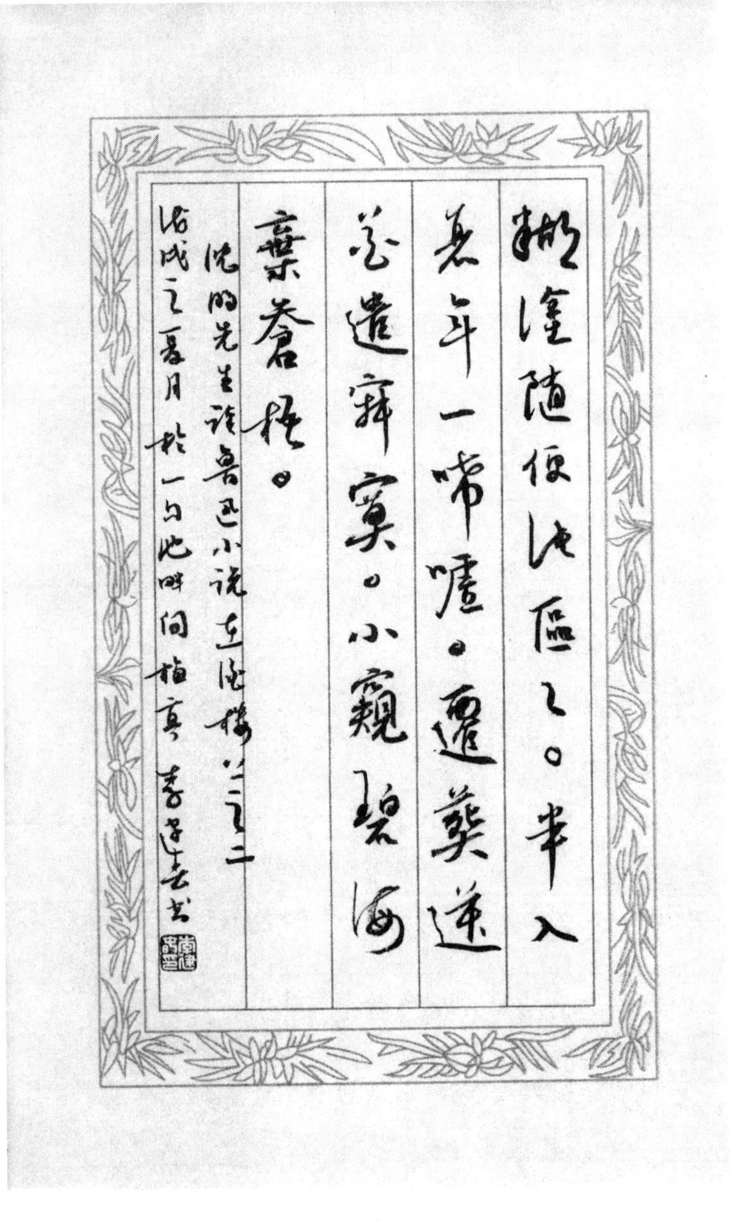

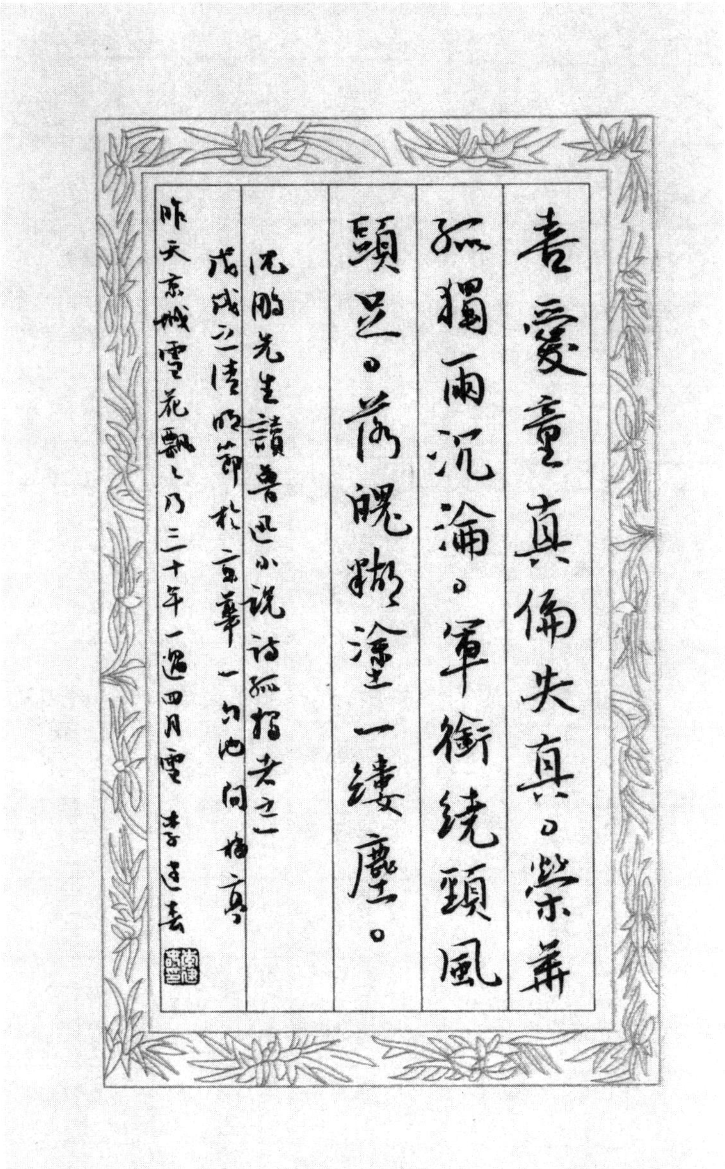
素愛童真偏失真。紫髯
孤獨兩沉淪。軍銜繞頸風
頭足。落魄糊塗一縷塵。
沈鵬先生讀魯迅小說詩孤獨者之一
戊戌之清明節於京華一勺池洵梅亭
昨天京城雪花飄飄乃三十年一遇四月雪 李建春

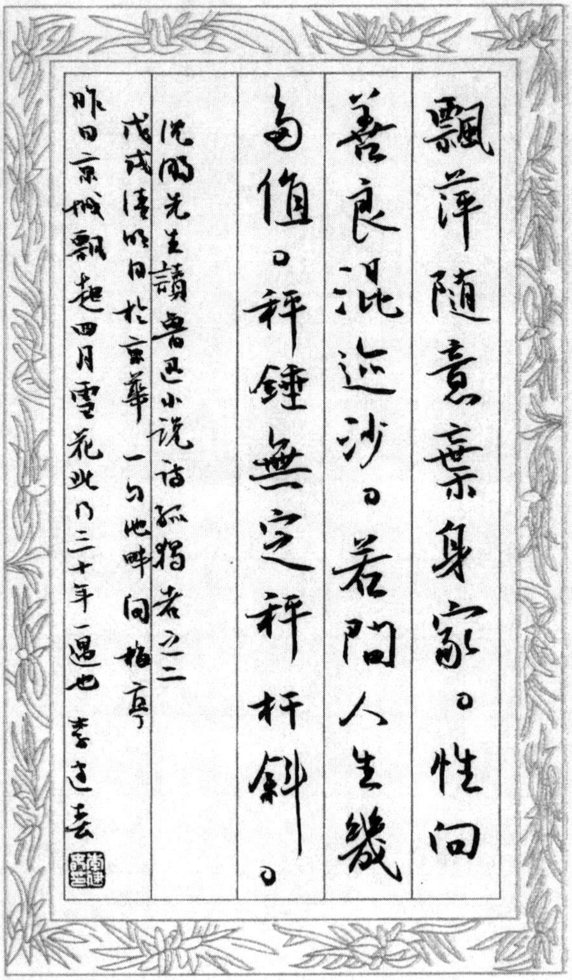
飄萍隨意棄身家，性向
善良混逆沙。若問人生幾
多價，秤錘無定秤杆斜。
讀魯迅小說詩孤獨者之二
戊戌清明日於京華一勺池畔問梅亭
昨日京城飄起四月雪花此乃二十年一遇也

代后记：诗以言志

李建春

“诗言志”是中国古典诗学理论的奠基石，朱自清先生称之为“开山的纲领”（《诗言志辨》）。“诗言志”见《尚书》：“诗言志，歌永言，声依永，律和声。”《左传》：“诗以言志。”《庄子》：“诗以道志。”等等。

诗言志者：屈原“路漫漫其修远兮，吾将上下而求索”；曹孟德“老骥伏枥，志在千里；烈士暮年，壮心不已”；曹植“捐躯赴国难，视死忽如归”；李白“长风破浪会有时，直挂云帆济沧海”；杜甫“安得广厦千万间，大庇天下寒士俱欢颜”；林则徐“苟利国家生死以，岂因祸福避趋之”；鲁迅“横眉冷对千夫指，俯首甘为孺子牛”；毛泽东“问苍茫大地，谁主沉浮”。每位诗人通过“诗言志”，从不同侧面表达了襟怀抱负。

2017年9月，在鲁迅先生诞辰一百三十六周年之际，沈鹏先生创作了组诗《沈鹏读鲁迅小说诗二十四首》，首次在《新华每日电讯》上发表。随后我陆续撰写《沈鹏读鲁迅小说诗二十四首品鉴》系列文章，并先后在《光明日报》《诗刊》《北京晚报》《中华诗词》等报刊发表。2018年5月之前，当评论文章全部完成后正好是鲁迅先生第一篇白话文小说（也是中国第一部现代白话文小说）《狂人日记》发表一百周年。沈鹏先生批注道："为鲁迅小说写诗者少，既经建春君评议，将会引起读者兴趣。"沈鹏先生饶有兴致地赋诗并书法《序诗——李建春评并书沈鹏读鲁迅小说二十四首》，诗云：

鲁迅精神启后人，
千钧笔力铸刀痕。
再传呐喊呼声劲，
吾与贤君李建春。

《沈鹏读鲁迅小说诗二十四首》可谓是一种创新与尝试。沈鹏先生自己也说："从鲁迅小说引发诗意，有难处，在我也是尝试。"我觉得有以下几个特点：

第一，体裁新颖。从鲁迅小说发表至今近一百年间，很少有人用组诗的形式诠释鲁迅经典小说系列。因而，读后有一种特别新鲜的感觉。正如清代赵翼名篇《论诗之二》："李杜诗篇万口传，至今已觉不新鲜。江山代有才人出，各领风骚数百年。"

第二，形式独特。七言绝句，二十四首，形成组诗，不落俗套，单首诗如"折子戏"，整组诗若"连续剧"，一幕一幕地把辛亥革命到五四时期的中国社会面貌以史诗形式展现在读者眼前。这一技法具有中国章回小说特点，分回标目，次第开讲。沈鹏先生的诗词创作在传统修养与现代意识的有机结合上开辟了一条新的途径。

第三，境界高远。从内容表达的思想感情上看，《沈鹏读鲁迅小说诗二十四首》心系苍生，忧国忧民。这种崇高思想贯穿沈鹏先生诗词创作的始终。如《跪告》："跪告罪甚甚暴动,身余半截驼峰肿。为官不识水能柔，一旦狂涛川决壅!"讽咏一位政府官员，在农村视察途中遇三百人伏地请愿怒斥"跪着的暴动"一事。又如《进剑》："进剑当须进一双，莫邪此事欠商量。苦因前路无知己，余剑孤鸣匣里藏。"表达了诗人敢于伸张正义的豪迈气概和侠肝义胆。

第四，诗铸国魂。从《沈鹏读鲁迅小说诗二十四首》的本质上分析，是在写鲁迅精神，鲁迅精神可谓中国精神。1938年5月，毛泽东在延安鲁迅艺术学院作报告时，称鲁迅为"中国的第一等圣人"。2014年10月15日，习近平在文艺工作座谈会上的讲话中五处具体地讲到了鲁迅。我们可以肯定地说：鲁迅之于中国，有如托尔斯泰之于俄罗斯，泰戈尔之于印度，莎士比亚之于英国，歌德之于德意志，但丁之于意大利，是国家精神的象征。

中国历史上对后世有影响的仁人志士，无不以关乎国运民生为要旨。老子契天地之玄妙以利天下之心。孔子以“朝闻夕死”为警策，游说“天下为公”。孟子以尽心知性之实践，树民本为要。魏文帝标举文章之济世，彰显建安风骨。阳明以“致良知”，践行知行合一。鲁迅以笔代刀，重铸“民族魂”。沈鹏诗以言志，家国情怀，铸就中国精神，契合先贤之风骨品德。我在写作过程中，一边品先生诗作，一边体先生文心，深受感动。关于“文心”，南朝文学理论家刘勰解释曰：“盖《文心》之作也，本乎道，师乎圣，体乎经，酌乎纬，变乎骚。”故感慨颇多，诗咏一首《寄沈鹏先生》：

怀揣青莲才，神通逸少笔。
风云腕底生，丘壑胸中列。
不务文辞奇，惟吟众生疾。
虬枝爆出花，老树春光溢。

沈鹏先生通今博古，国学修养渊博，组诗《读鲁迅小说诗二十四首》既学取李白、苏轼的激情与浪漫，又兼具杜甫、贾岛的严谨与细腻；既有孟浩然、王维的禅意简静，更有白居易、陆游代民发声的豪情。整组诗气势磅礴，兼收并蓄，内涵丰富，每首诗的表现手法又像一年春夏秋冬二十四节气，风格迥异，气象万千。

从气势上讲，“敢侵神像拔须茎，改造中华义愤膺”（《在酒楼上》一），有如李白“天生我才必有用，千金散尽还复来”，苏轼“大江东去，浪淘尽、千古风流人物”之豪情，大开大合，跌宕起伏。

从精微上观，“茴香豆赏小儿童，且喜斯时壮行色”（《孔乙己》三），由内及外，从面部表情到内心喜悦描述得细腻至极，有如杜甫《石壕吏》“老翁逾墙走，老妇出门看”；贾岛《题李凝幽居》“鸟宿池边树，僧敲月下门”。

从萧简上评，“榜上无名月色寒，士途倒塌即丢官”（《白光》一），一个“寒”字，除描述愁绪、凄感外，其意境则萧远简静，有如孟浩然《宿桐庐江寄广陵旧游》“风鸣两岸叶，月照一孤舟”；王维《过沈居士山居哭之》“曙月孤莺啭，空山五柳春”。

从载道上品，“奋起呼吁救孩子，神州呐喊废尊神”（《狂人日记》四），其爱国忧民的情绪，有如白居易《卖炭翁》“可怜身上衣正单，心忧炭贱愿天寒”；陆游《病起书怀》“位卑未敢忘忧国，事定犹须待阖棺”。

从修辞上看，诗作中比喻、比拟、夸张、排比、对偶、反复、设问、反问、借代等等应有尽有。同时，我也发现沈鹏先生的律诗跟杜甫有许多相同之处，严谨而放达，守规而不羁。诗中倒转句、双声叠韵、通假等技巧运用自如。

倒转句运用得平中见奇。如《白光》之二："溺水何甘一命终，精神崩溃太匆匆。功名利禄全般了，永世深潜泥淖中。"诗中"全般了"为"功名利禄"的倒转句，意为人一旦没了（一命终），功名利禄、江山社稷给你又有何用？既是设问，又在反问。

特殊修辞句法别有洞天。如《狂人日记》之二"吃人人吃两由之"句，初读像绕口令，实为递进句式。虽然句法特殊，但通俗易懂，语词在组句中颠来倒去，你的思维也随着作者的思路左更右替，翻转跳跃，极具画面感。

通假增加古韵。如《在酒楼上》之二："糊涂随便此区区，半入衰年一唏嘘。迁葬送花遣寂寞，小窥碧海弃苍梧。"其中"嘘""梧"两字为通假，如缺乏古音学知识，不懂通训定声，很容易产生错觉。因为"嘘"在"鱼"部，"梧"在"虞"部。清代文字学家朱骏声所撰《说文通训定声》释：一，"梧"（wu）通"吾"。吾，疑母、鱼部；梧，疑母、鱼部。疑母双声，鱼部叠韵，属双声叠韵通假。二，"虞"（yu）通吾。吾，疑母、鱼部；虞，疑母、鱼部。疑母双声，鱼部叠韵，属双声叠韵通假。

遍稽群籍，引经据典。如《药》之二后两句“恶少帮闲刽子手，蟪蛄也欲噪春秋”，典出《庄子·逍遥游》“蟪蛄不知春秋”。用蟪蛄隐喻和鄙视那些“恶少帮闲刽子手”们的眼光短浅。

又如《孤独者》之二后两句“若问人生几多值？秤锤无定秤杆斜”，在阐述人生秤杆时，典取朱熹《水调歌头·雪月雨相映》“记取渊冰语，莫错定盘星”。

再如《风波》之一前两句“代代相传总不如，九斤老太昧乘除”，其中“乘除”两字古时泛指岁月更替，语出北宋哲学家、易学家邵雍《养心歌》：“万事乘除总在天，何必愁肠千百结？”《红楼梦曲》十二支《留余庆》：“正是乘除加减，上有苍穹！”

《在酒楼上》之二后两句“迁葬送花遣寂寞，小窥碧海弃苍梧”，引典用典博远。吕洞宾诗云：“朝游碧海暮苍梧，袖有龙蛇胆气粗。”吴承恩《西游记》菩提祖师对悟空说：神仙“朝游北海暮苍梧”。鲁迅原作中的吕纬甫，虽然年少也曾有过“敢侵神像拔须茎”的敢于作为，但很快便无聊消极，“小窥”而“弃”，令人感伤。

“为人性僻耽佳句，语不惊人死不休”是诗圣杜甫著名诗句，已成为千百年来诗人望凤来仪的一面艺术旗帜。卢延让“吟安一个字，捻断数茎须”，苏轼“诗赋以一字见工拙”，又从不同侧面反映了诗人们自道创作辛苦之辞。沈鹏先生作诗严谨，这次《诗以言志——沈鹏读鲁迅小说诗二十四首品鉴》在出版之前，他又对诗稿进行了多次的推敲修订。透过他炼字的过程，我能感受到诗人炼得至当至隽之后的那份愉悦。正如他在重写草书七律四首卷跋语：“今复略改数字，以求安也。”这个“安”字是诗人的诗心文德，是炼字推敲相对满意后的心安。

陆机《文赋》有“诗缘情”，刘勰《文心雕龙·情采》有“繁采寡情,味之必厌”，刘熙载《词曲概》有“词家先要辨得情字”。沈鹏先生诗以言志，特别是二十四首组诗中孔乙己、阿Q、狂人、祥林嫂、陈士成、吕纬甫、魏连殳、赵七爷、九斤老太、华老栓夫妇等诸多人物形象，诗人注入了深深的情感和关爱，生动有趣，情景交融，读后令人感怀，值得慢慢品鉴。

“品鉴”一词，意取周汝昌先生《千秋一寸心》诗意：“以我之诗心，鉴照古人之诗心，又以你之诗心，鉴照我之诗心。三心映鉴，真情斯见；虽隔千秋，欣如晤面。”诗是作者与读者，诗人与观者，今人与古人三心映鉴的美妙过程。诗的作用，缘情造端，兴于微言，以相感动。沈鹏先生以其天赋之锐敏、善感之心性、人生之体验、艺术之修养，为我们创作这组史诗，如苏轼评陶渊明诗“质而实绮，癯而实腴”（《与苏辙书》），看起来它很简单质朴，内里实在是很美丽很丰满。读者需要用心灵慢慢去品鉴、去感受，你会在不知不觉中领略哲理，欣赏美感，镜鉴世态，感受冷暖，体察人生，启迪心灵，奉献爱心，启蒙良心……